LUKIAN FRA SAMOSATA
SAND HISTORIE

LUKIAN FRA SAMOSATA

SAND HISTORIE

Oversat fra græsk af M. Cl. Getz

Illustreret af William Strang,
J. B. Clark og Aubrey Beardsley

imprimatur

Lukian fra Samosata
Sand Historie
1. udg. 1918, 2. rev. udg. 2020
imprimatur
© 2020 Lukian fra Samosata
Forlag: BoD – Books on Demand, København, Danmark
Tryk: BoD – Books on Demand, Norderstedt, Tyskland
ISBN 9788743026600

INDHOLD

SAND HISTORIE

FORTALE

Ligesom de, der dyrker atletik og overhovedet sådan sport, som har legemernes pleje og uddannelse til genstand, ikke udelukkende har tanke for de gymnastiske øvelser eller hvad der i øvrigt kan fremme sundhed og styrke, men også for den til betimelig tid indtrædende hvile (denne regner de jo endog for den væsentligste del af legemsplejen), således, mener jeg, bør også de, der giver sig af med boglige sysler, efter den megen læsning af alvorligere ting unde deres tanke hvile og derved gøre den mere frisk og kraftig til de kommende anstrengelser. Og en passende hvile ville de kunne finde, hvis de ville beskæftige sig med den slags læsning, der ikke alene ved sin vittighed og spøgefuldhed vil forskaffe dem en blot og bar moro, men også yde en ikke helt uvidenskabelig belæring. Noget sådant, antager jeg, vil man mene også gælder om de skrifter, jeg her forelægger læseverdenen; thi ikke blot indholdets eventyrlighed eller det fornøjelige ved planen i dem vil have noget tillokkende ved sig for læserne, ikke heller blot det, at jeg her har fremsat en broget samling løgnehistorier, fortalt på en tiltrovækkende og sandhedlignende måde, men også dette, at enhver enkelt ting af dem, der fortælles, næsten efter komediens art indeholder hentydninger til nogle af de gamle digtere og historiefortællere og filosoffer, som i deres skrifter har meddelt en mængde vidunderlige og fabelagtige ting; jeg ville endogså her i mit skrift nævne dem ved navn, hvis jeg ikke var sikker på, at også du selv, læser, af læsningen tydeligt ville se, hvem der sigtes til.

Ktesias Ktesiochos' søn fra Knidos[1] har skrevet et skrift om indernes land og forholdene ovre hos dem, hvori han har fortalt ting, som han hverken selv har set eller hørt om af nogen anden, der havde set dem. Lige-ledes har Iambulos skrevet mange overraskende, utro-lige ting om forholdene ude på det store verdenshav; vitterligt er det jo nok for alle og enhver, at det er lutter løgn, han har lavet, men alligevel er indholdet af hans skrift ganske fornøjeligt. Og der er også mange andre, der har stillet sig den samme opgave som de to her nævnte mænd og i deres skrifter skildret omflakninger og udenlandsrejser, som de efter deres sigende selv hav-de foretaget, og fortalt om uhyre store vilddyr og om rå og vilde mennesker og deres besynderlige levevis. Men deres første forgænger og læremester i den slags sladder-historier er Homers Odysseus med hans fortællinger til Alkinoos og hans mænd[2], om vindenes trældom, om énøjede, vilde menneskeædere, fremdeles om væsener med mange hoveder[3] og om sine staldbrødres forvand-ling ved trylledrikke og de mange andre forunderlige ting, som han diskede op med for de enfoldige, godtro-ende faiakere. Hver gang jeg da nu kom i lag med dis-se forfattere, dem alle sammen uden undtagelse, ja, så lastede jeg dem ganske vist ikke synderlig, fordi de løj; for dette, så jeg, var allerede blevet en stående sædvane, endogså for dem, der udgiver sig for filosoffer; men der var én ting ved dem, jeg undrede mig over, nemlig det, at de vistnok mente, man ikke ville opdage, at det var usandhed, hvad de skrev. Derfor har *jeg*, da også jeg af forfængelighed havde fået lyst til at efterlade vore efterkommere noget for ikke at være den eneste, der ikke fik lod og del i den almindelige frihed til at skrive fabelhistorier, ganske vist indladt mig på at fortælle løgn, eftersom jeg ikke havde noget sandt at berette (for jeg havde ikke oplevet noget, det var værd at tale om), men jeg har dog gjort det på en mere tilgivelig måde end de andre, for én ting er der i det mindste, jeg vil sige med sandhed, og det er dette, at jeg lyver; på denne måde, tænker jeg mig, vil jeg også undgå den anklage, jeg ellers kunne vente mig fra andre sider, når jeg selv indrømmer, at der ikke er ét sandt ord i det, jeg fortæller. Jeg skriver altså om ting, som jeg hverken har set eller oplevet eller erfaret af andre, ja som ydermere hverken i det hele er til i virkeligheden eller overhovedet kan blive virkeligt. Derfor bør de, der kommer til at læse det, ikke på nogen måde fæste lid dertil.

FØRSTE BOG

1. Engang stak jeg i søen fra Heraklessøjlerne[4] og sejlede ud på det vestlige Ocean, som jeg så fór hen over plat for vinden. Årsagen til og grundlaget for min udenlandsrejse var min tankes trang til lettere bibeskæftigelse, min attrå efter nye ting og forhold og ønsket om at lære at kende, hvad der dannede grænsen for Oceanet, og hvad det var for mennesker, der boede på dets modsatte side. For nu altså at opnå dette havde jeg taget en umådelig mængde proviant med om bord og ligeledes forsynet skibet med tilstrækkeligt vandforråd; jeg havde også fået halvtredsindstyve af mine jævnaldrende, der nærede samme tanker som jeg selv, til at slutte sig til mig; endvidere havde jeg anskaffet mig en stor masse skibsredskaber og våben og for høj betaling hvervet den ypperligste styrmand til at gå med mig og overhovedet styrket mit skib (det var en hurtigsejlende yacht) til den lange og brydsomme fart, jeg ventede mig.

2. Så sejlede vi da først en dag og en nat af sted for medbør; endnu bestandig havde vi landjorden i sigte, og sejladsen var ikke forbundet med synderligt besvær. Men den påfølgende dag, lige ved Solens opgang, tog vinden til i styrke, søen begyndte at gå højt, og et mørke faldt på, og det var ikke engang længere muligt at tage sejlet ind. Vi overlod da fartøjet til vinden, gav os i dens vold og omtumledes så af stormen i 79 dage. Men på den firsindstyvende strålede Solen pludselig frem,

og vi så da ikke langt borte en høj og med tæt skov be-
vokset ø; uden synderlig brænding larmede bølgerne
omkring den, for uvejret havde også allerede for stør-
stedelen lagt sig. Vi lagde nu til ved den og gik fra bor-
de, og som naturligt var efter den lange møje og besvær,
lå vi en rum tid dér på landjorden; men omsider rejste
vi os dog op, og så udvalgte vi tredive mand af vor skare,
der skulle blive ved skibet og passe på det, mens tyve
mand med mig skulle gå op for at udspejde, hvordan
forholdene var på øen.

3. Efter at vi nu var gået så meget som tre stadier[5]
fremad fra havet gennem skov og krat, fik vi øje på en
indskrifttavle, der var lavet af kobber; på den stod der,
skrevet med helleniske bogstaver, som var utydelige og
udslidte, en indskrift, der lød således: *Hertil er Herak-
les og Dionysos kommet*[6]. På klippegrunden tæt derved
fandtes der også to fodspor, det ene var omtrent så
stort som en halv tønde land, det andet mindre; efter
hvad jeg antager, stammede det ene, det mindre, fra
Dionysos, det andet fra Herakles. Vi ærede dem med
knæfald og gik derpå videre fremad. Det var endnu
ikke noget langt stykke, vi var kommet forbi dem; så
standsede vi ved bredden af en flod, som flød med vin,
på det nærmeste af lignende art som den, man får fra
øen Chios. Strømmen var rig, dyb og bred, så at den på
nogle steder endog kunne være farbar for skibe. Vi kom
da til at fæste endnu langt stærkere lid til indskriften på
tavlen, da vi så disse tydelige tegn på Dionysos' ophold
dér i landet. Imidlertid besluttede jeg også at skaffe mig

kundskab om, hvorfra floden udsprang, og derfor gik jeg op langs med strømmen. Dér fandt jeg nu rigtignok ikke nogen *kilde* til den, men jeg fandt en mængde store vinranker, fulde af drueklaser, og langs hen med roden af hver vinstok flød der fra den en dråbe af klar, gennemsigtig vin; af disse dråber opstod floden. Man kunne også se mange fisk i den; de lignede på det nærmeste vin både i farve og i smag; så meget er vist, at vi fangede adskillige af dem og spiste deraf, og så blev vi berusede; for resten skar vi dem også op og fandt dem da fulde af vinbærme. Senere fandt vi imidlertid på at blande dem med de andre fisk, dem, som vi hentede fra vandet, og således mildnede vi vinspisens styrke.

4. Nu satte vi over floden dér, hvor vi kunne vade igennem den, og så fandt vi nogle ganske vidunderlige vinstokke. Den del af dem, der voksede op af jorden, stammen selv, var trivelig og tyk; men oventil var de kvinder, som omtrent fra lyskerne af havde alle dele fuldstændig som de skulle være. Således fremstiller malerne hos os Dafne, mens hun er lige i færd med at forvandles til et træ, idet Apollon vil gribe hende. Fra deres fingerspidser voksede dog rankerne ud på dem, og de hang fulde af drueklaser; ja og så havde de også på hovederne en hårklædning af ranker og blade og klaser. Da vi nærmede os til dem, hilste de venligt på os og bød os velkommen; nogle af dem talte lydisk sprog, andre indisk, men de fleste hellenisk. De kyssede os også med deres mund, og den, der blev kysset, blev lige straks beruset og mistede sans og samling. At plukke af deres frugt tillod de os dog ikke; rev man den af, gjorde det ondt på dem, og de skreg. Nogle af dem havde også lyst til kønslig omgang med os, og der var to af mine staldbrødre, der indlod sig med dem; men da de havde gjort det, kunne de ikke mere komme løs fra dem, men blev

hængende fast; de voksede nemlig sammen med dem og rodfæstedes sammen med dem, og allerede var fingrene på dem vokset ud til grene, og de var omslynget af rankerne, så at det bare endnu manglede, at også de skulle til at bære frugt.

5. Dem lod vi da blive dér og flygtede bort til vort

skib; og da vi var kommet derhen, fortalte vi dem, som var ladt tilbage dér, både alt det andet og særlig, hvorledes vore staldbrødre havde indladt sig i omgang med vinstokkene. Derefter tog vi nogle store dunke og fyldte dem med vand, og ligeledes forsynede vi os med forråd af vin fra floden; og efter at vi så havde tilbragt natten i nærheden af den ude på strandbredden, lagde vi ved morgengry ud fra land. Vinden var på det tidspunkt ikke synderlig stærk; men omtrent ved middagstid, da vi ikke længere kunne se øen, blæste pludselig en orkan op. Den hvirvlede vort skib rundt og løftede det omtrent 3000 stadier op i luften; og så lod den det ikke igen falde ned på havet, men det blev ved at hænge svævende højt oppe i luften, og vinden faldt ind på dets sejl og fyldte sejldugen, så den svulmede, og således førte den skibet af sted.

6. Syv dage og lige så mange nætter sejlede vi gennem luften; men på den ottende fik vi øje på et stort land dér oppe i luften, ligesom en ø; det var strålende, havde form som en kugle og var beskinnet af et stærkt lys. Vi lagde da til ved det, kastede anker og gik fra borde; og da vi så os om i landet, fandt vi det beboet og dyrket. Mens det endnu var dag, kunne vi intet se derfra; men da natten faldt på, opdagede vi også mange andre øer i dets nærhed, nogle større, andre mindre, og på farven lignede de ild; vi så også et andet stort land neden under det, som både havde byer på sig og floder og have og skove og bjerge; om dette formodede vi da, at det var den jord, som vi bebor.

7. Vi havde besluttet os til at gå endnu videre frem; men så mødte vi dem, som man dér på stedet kalder gribberyttere, og blev pågrebet af dem. Disse gribberyttere er mænd, der rider på gribbe og bruger disse fugle som heste; gribbene er nemlig store og har så godt som allesammen tre hoveder. Om deres størrelse kan man måske danne sig en forestilling af denne angivelse, at hver af de vingefjer, de bærer, er længere og tykkere end masten på et stort lastskib. Disse gribberyttere har ordre til at flyve landet rundt og føre enhver fremmed, de måtte træffe på, op til kongen; og så pågreb de da også os og førte os op til ham. Han så på os, og da han havde dannet sig en formodning om os efter vort udseende og vor klædedragt, sagde han: »I er vel hellenere, I fremmede mænd?« Dertil svarede vi ja, og så sagde han: »Hvordan har I da tilbagelagt så lang en vej gennem luften og er kommet herhid?« Vi fortalte ham da hele historien; og derefter tog *han* til orde og fortalte os om sin egen skæbne. Han var, sagde han, også et menneske og hed Endymion[8]; men engang, mens han lå og sov, var han blevet røvet og ført herop fra vor Jord, og efter at han var kommet hid, var han blevet konge over landet; og landet, sagde han, var det, vi kan se hernede hos os, og som vi kalder Månen. Så bød han os være ved godt mod og ikke ængstes for nogen fare; for vi skulle nok få alt, hvad vi trængte til. »Og hvis jeg også«, sagde han videre, »får held med mig i den krig, som jeg nu står i begreb med at føre mod Solens beboere, så skal I hos mig komme til at leve det allerlyksaligste liv, man

kan tænke sig.«

8. Så spurgte vi ham om, hvem fjenderne var, og hvad der var årsagen til striden imellem dem. Han svarede: »Faëthon[9], han, som er konge over dem, der bor på Solen (for også *den* er naturligvis beboet lige så vel som Månen), har allerede i lang tid ligget i krig med os. Årsagen til, at den begyndte, var følgende: jeg havde engang samlet de fattigste folk af dem, der bor i mit rige, og det var min hensigt at sende dem ud som nybyggere til Morgenstjernen, der ligger øde hen og ikke bebos af nogen. Det ville imidlertid Faëthon ikke unde mig, og han søgte da at hindre nybygdens anlæggelse, idet han mødte os midtvejs i spidsen for hestemyrerne. Den gang blev vi overvundet, for vi var ikke udrustet så stærkt, at vi kunne holde dem stangen, og vi måtte da trække os tilbage; men nu er det min hensigt på ny at drage i krig imod ham og udsende nybyggerne. Hvis I altså har lyst, så tag del i felttoget sammen med mig; jeg skal stille gribbe af de kongelige til jeres tjeneste, én til hver mand, og tillige forsyne jer med den øvrige udrustning; i morgen vil vi så rykke ud.« — »Ja, lad det være så,« svarede jeg, »siden du ønsker det.«

9. Den dag forblev vi så hos ham og spiste ved hans bord; men næste morgen tidlig stod vi op og stillede os i slagorden; for de udsendte spejdere meldte, at fjenderne var i nærheden. Hærens samlede styrke beløb sig til 100.000 mand foruden trænsoldaterne, krigsmaskinebyggerne, fodfolket og de fremmede forbundsfæller; af de 100.000 var gribberytterne i alt 80.000, og

20.000 var de, der red på kålfjederfuglene. Også disse er overmåde store fugle, som på hele deres krop er tæt bedækket med kål og andre grønsager i stedet for med fjer; vingefjerene, de har, ligner på det nærmeste salatblade. Ved siden af dem havde hirseskytterne og løgkæmperne fået anvist deres plads i slagordenen. Der var også kommet forbundsfælletropper til ham fra den Store Bjørn, nemlig 30.000 loppebueskytter og 50.000 vindløbere. Af disse rider loppebueskytterne på vældig store lopper, hvoraf de også har fået deres navn; hver loppe er så stor som tolv elefanter. Vindløberne gør vel tjeneste til fods, men de bevæger sig i luften uden vinger, og måden, hvorpå de bevæger sig, er denne: de bærer fodside kjortler, som de kilter op med et livbælte, og lader så vinden puste klædningen op, ganske som når den fylder sejlene på et skib, og således flyver de af sted ligesom både; for det meste gør den slags folk tjeneste i kampene som peltaster[10]. Det hed sig, at der også fra stjernerne oven over Kassiopeia ville komme 70.000 spurveagernryttere og 5000 traneryttere; dem fik jeg imidlertid ikke at se, for de kom ikke; derfor har jeg heller ikke dristet mig til at skrive noget om deres natur og væsen, for det var ganske mirakuløse og utrolige ting, man fortalte om dem.

10. Dette var altså Endymions stridsmagt. Hvad deres våbenudstyr angår, var det ens for dem alle; de havde hjelme, lavede af bønner, for bønnerne er hos dem store og stærke; fremdeles havde de alle skælpansere af lupiner; lupinskallerne syr de nemlig sammen og laver

sig således brystpansere af dem; for lupinens skal er
dér uigennembrydelig ligesom horn. Deres skjolde og
sværd var ligesom de, man bruger i Hellas.

11. Da så det rette øjeblik var kommet, opstillede
de sig i slagorden på følgende måde. På højre fløj stod

gribberytterne og kongen, som havde sine ypperste krigere omkring sig; til disse hørte også vi; på venstre fløj stod kålfjederfuglene; centrum dannedes af forbundsfælletropperne, hver slags for sig. Fodfolkhæren beløb sig til omtrent 60 millioner mand. Med deres opstilling forholdt det sig på følgende måde: Der findes hos dem en mængde store edderkopper, hver af dem er større end en af Kykladerne[11]; dem bød Endymion at spinde et væv, der spændte over luftrummet mellem Månen og Morgenstjernen; og lige så snart de havde gjort det stykke arbejde færdigt og således tilvejebragt en jævn slette, stillede han fodfolkhæren i slagorden på denne. Kommandoen over den havde general Flagermusion Godtvejrsdrotsen selvtredje.

12. Hos fjenderne stod hestemyrerne på venstre fløj, og blandt dem kong Faëthon. Det er umådeligt store vilddyr, forsynet med vinger; de ligner myrerne her hos os, bortset fra størrelsen, for den største blandt dem var endog næsten så stor som en tønde land. Det var ikke blot rytterne på dem, der kæmpede, men også de selv kæmpede med, mest med deres følehorn; man sagde, at der af dem var omtrent 50.000. På deres højre fløj stod luftmyggene, hvis antal ligeledes beløb sig til hen ved 50.000; de var alle sammen bueskytter, som red på vældige myg. Næst efter dem kom så luftgrenadererne, som var letbevæbnede og kæmpede til fods, men for resten var også *de* dygtige krigere; de udslyngede nemlig på lang afstand som håndgranater nogle vældig store ræddiker, og enhver, der blev ramt, kunne ikke engang

et kort øjeblik holde stand imod dem, men døde straks, idet der udviklede sig en slem stank i deres sår; man sagde, at det var katostegift, hvormed de indsmurte deres kastevåben. Tæt op til dem stod i slagordenen stilksvampene, sværtbevæbnede, som sloges i nærkamp, 10.000 i tallet; deres navn havde de deraf, at de brugte skjolde, som dannedes af paddehatte, og de havde aspargesstængler til spyd. Nær ved dem tog hundeagernrytterne plads; det var folk, som Siriusbeboerne havde sendt til Faëthon, 5000 i alt; også de var mænd med hundeansigter (de kom jo fra Hundestjernen), og de kæmpede ridende på vingebesatte agern. Det hed sig for resten, at også nogle af Faëthons forbundsfæller udeblev fra kampen, nemlig slyngekasterne, som han havde kaldt til sig fra Mælkevejen, og ligeledes skykentaurerne. Disse sidste indfandt sig dog, da slaget allerede var afgjort — gid det bare aldrig var sket! — men slyngekasterne gav overhovedet slet ikke møde, og af den grund, siger man, blev Faëthon også forbitret på dem og hærgede senere deres land med ild og brand. Sådan var altså den udrustning, med hvilken Faëthon på sin side rykkede frem til angreb.

13. Så snart nu kampsignalerne var stukket i vejret, og æslerne hos begge de kæmpende parter havde skrydet (dem bruger de nemlig i stedet for trompetblæsere), stødte hærene sammen og begyndte slaget. Her kastede da Solboernes venstre fløj sig straks på flugt, endog før de var kommet i håndgemæng med gribberytterne, og vi forfulgte dem og huggede ned for fode; derimod

fik deres højre fløj bugt med dem, der stod på venstre fløj hos os, og luftmyggene forfulgte disse og trængte på forfølgelsen frem lige til vore fodfolk. Men da nu også disse rykkede frem til kamp imod dem, måtte de vige og give sig på flugt, særlig da de havde opdaget, at folkene på deres egen venstre fløj var blevet overvundet. Efter at de således afgjort var blevet slået på flugt, blev mange af dem taget levende til fange; mange blev også dræbt, og blodet flød i store strømme, dels ned på skyerne, så de farvedes deraf og blev røde af udseende, sådan som de viser sig for os nede på Jorden ved solnedgang; dels dryppede også meget deraf ned på Jorden, så at den formodning faldt mig ind, om ikke noget lignende muligvis også skulle være sket i gamle dage oppe i de høje regioner, dengang da, efter hvad Homer antog, Zeus lod det regne med blod i anledning af Sarpedons død[12].

14. Efter at vi så var vendt tilbage fra forfølgelsen, oprejste vi to sejrsmærker, det ene på edderkoppevævet til minde om fodfolkskampen, det andet på skyerne til minde om luftkampen. Men ligesom vi var i færd med dette arbejde, kom der den melding til os fra vore udkigsposter, at nu var skykentaurerne under fremrykning, — de, der skulle være kommet til Faëthon før slagets begyndelse. Og vi så dem virkelig allerede nærme sig, et højst overraskende syn! Det var væsener, der var sammensatte af bevingede heste og mennesker; menneskene var omtrent så store som den øverste halvdel af Kolossen på Rhodos[13], og hestene var af størrelse som et stort lastskib. Om deres antal har jeg dog ikke villet optegne noget, for at ikke nogen skal finde det helt utroligt; så stort var det. Til anfører havde de Skytten fra Dyrekredsen[14]. Da de nu mærkede, at deres venner var besejret, sendte de først bud til Faëthon om, at han

på ny skulle gå frem til angreb, og dernæst ordnede de sig selv til slag og faldt over Måneboerne, som var i fuld forvirring, idet de uden at holde deres afdelinger samlede i orden havde spredt sig ad på forfølgelsen og under plyndringen af byttet. Dem slog de da på flugt allesammen, og kong Endymion selv forfulgte de lige til hans hovedstad og dræbte de fleste af hans fugle; de nedrev også sejrsmærkerne og stormede hen over hele den slette, der var vævet af edderkopperne; og mig tillige med et par stykker af mine kammerater fangede de levende. Snart indfandt også Faëthon sig, og nu blev der oprejst nye sejrsmærker af ham og hans folk. Hvad os angår, blev vi selv samme dag ført bort til Solen med hænderne bundet bag på ryggen med et stykke reb af edderkoppespindet.

15. Faëthon og hans folk besluttede imidlertid ikke at belejre Endymions by, men de vendte tilbage og byggede så en spærringsmur tværs hen over luftmellemrummet, så at strålerne fra Solen ikke længere kunne nå hen til Månen. Muren var dobbelt, lavet af skyer; der var altså indtrådt en afgjort Måneformørkelse, og et vedvarende nattemørke rugede overalt på Månen. Da nu Endymion følte sig stærkt plaget heraf, sendte han bud og bad indstændigt om, at man dog ville nedrive bygningsværket og ikke lade ham og hans folk henleve deres liv i mørke; han lovede også, at han ville betale tribut og træde i forbundsforhold til dem og aldrig mere føre krig imod dem, og han erklærede sig villig til at give dem gidsler til sikkerhed for disse løfters opfyl-

delse. Så holdt da Faëthon og hans folk to gange folkeforsamling; ved den første ville de ikke i mindste måde lade deres vrede fare, men ved den anden bestemte de sig om, og der kom da fred i stand på følgende vilkår:

16. »Solboerne med samt deres forbundsfæller har sluttet overenskomst med Måneboerne og deres forbundsfæller på disse betingelser: Solboerne skulle sløjfe den spærrende skillemur og må aldrig mere gøre indfald på Månen, og de skulle fremdeles udlevere krigsfangerne mod en fastsat pengesum for hver enkelt. På den anden side skulle Måneboerne gengive de øvrige stjerner deres frihed og selvstændighed, og de må aldrig mere føre våben imod Solboerne, men de skulle stå hinanden bi som forbundsfæller, dersom nogen angriber enten Solen eller Månen. Endvidere skal Måneboernes konge hvert år til Solboernes konge udrede i tribut 10.000 fade dug; han skal også udlevere 10.000 mand af sine folk som gidsler. Nybygden på Morgenstjernen skulle Måneboerne og Solboerne anlægge i fællesskab, og enhver af de andre stjerneboere, der vil det, skal kunne tage del deri. Denne overenskomst skal man indskrive på en ravtavle og opstille denne midt i luften på grænseskellet mellem parternes område. Eden på overenskomsten har følgende aflagt: af Solboerne Ildmand, Sommerkarl og Luesvend; af Måneboerne Natmørk, Månsøn og Lysrig. «

17. Således forholdt det sig med den fred, der blev sluttet; og straks derefter gav man sig til at nedrive muren, og de udleverede os, som var krigsfanger. Da vi nu

altså kom tilbage til Månen, kom vore kammerater og Endymion selv os i møde og omfavnede os under tårer. *Han* bad os da om, at vi ville forblive hos ham og tage del med i anlæggelsen af nybygden, og han tilbød mig, at han ville give mig sin søn til ægtemage; kvinder findes nemlig ikke hos dem. Jeg lod mig imidlertid på ingen måde overtale, men bad om, at vi måtte blive sendt ned igen på havet; og da han indså, at det var umuligt at overtale os, lod han os drage bort efter at have beværtet os ved sit bord i syv dage.

18. De nye og overraskende ting, jeg iagttog under mit ophold på Månen, om dem vil jeg nu fortælle noget. Først og fremmest da det, at Måneboerne ikke bringes til verden af kvinder, men af mænd; de indgår nemlig ægteskab med mænd og kender overhovedet ikke engang navnet kvinde. Indtil 25 års alderen bliver enhver taget til ægte, men efter den tid tager han selv til ægte. De går svanger med fostret, ikke i moderlivet, men i læggene; når nemlig en har undfanget fostret, svulmer læggen på ham, og nogen tid derefter skærer de den op og trækker fostret ud som dødfødt; men så sætter de det ud for vinden med åben mund, og således giver de det liv. Når man hos hellenerne anvender udtrykket *gastroknemia* (dvs. bugben) til betegnelse for den svulmende læg, skriver det sig, antager *jeg* da, fra forholdet hist oppe hos Måneboerne, fordi hos dem læggen er sædet for svangerskabet i stedet for underlivet.

Jeg vil dernæst fortælle om en anden endnu større mærkværdighed end den nu omtalte. Der findes hos

Måneboerne en slags mennesker, som man kalder træfødninger; med deres tilblivelse går det til på følgende måde. De skærer den højre testikel af et menneske og planter den ned i jorden; af den opvokser der så et meget stort træ, som er af kød og ser ud som en mands avlelem; det har også grene og blade, og frugten derpå er agern af omtrent en alens størrelse. Når disse er modne, plukker man dem af og knækker dem, og så kommer menneskene ud. Skamdelene må man dog sætte til på dem; nogle af dem, nemlig de rige, får dem af elfenben, de fattige derimod kun af træ, og ved deres hjælp har de kønsomgang med deres ægtemager.

19. Når et menneske hos dem bliver gammelt, dør han ikke, men opløses ligesom røg og bliver til luft. Næringen er for alle den samme, og det forholder sig således med den: de tænder ild op, og på kullene steger de frøer; af disse er der mange hos dem, og de flyver omkring i luften; mens disse nu steges, tager de plads omkring ilden ligesom om et bord og indsuger den stegeduft, der damper op af dem, og gør sig til gode dermed. Således forholder det sig nu med den spise, hvorved de ernærer sig; men hvad deres drikke angår, da får de den af luft, som presses sammen ned i et bæger og så giver en fugtighed fra sig, der ligner dug. De har da naturligvis heller ikke våd eller fast afføring sådan som vi, og de har heller ikke sådanne åbninger dertil på deres krop.

Man regner hos dem et menneske for smukt, når han er skaldet og blottet for hovedhår; langhårede mennesker nærer de endogså afsky for. På kometerne derimod, dvs. hårstjernerne, er betragtningsmåden den modsatte; dér regner man de langhårede for smukke. Der var nemlig nogle beboere derfra, som midlertidigt opholdt sig på Månen, og det var dem, der fortalte os dette om deres landsmænd. Dog har også Måneboerne lange skæg, der når ned til lidt over knæene; og på fødderne har de ikke negle, og alle har de kun én tå. Oven over bagdelen har hver af dem fremdeles en lang kålstok ligesom en hale, og den er altid frisk grøn og knækker ikke over, selv om nogen falder om på ryggen.

20. Slimen fra næsen på dem er som en meget skarp og bitter honning; og når de arbejder strengt eller foretager gymnastiske øvelser, sveder der mælk ud af hele deres legeme, så at de endog kan lave sig ost af den, når de drypper nogle få dråber af den omtalte honning deri. Olie tilbereder de sig af løgene, de har, og den er både meget fed og vellugtende ligesom salve. Vinstokke har de i mængde, og disse skænker dem vand; bærrene i drueklaserne er nemlig ligesom hagl, og jeg antager, at når der falder hagl ned til os, kommer det deraf, at vinden stormer løs på disse vinstokke og ryster dem voldsomt, så drueklaserne brister.

Deres mave bruger de til ransel og nedlægger i den alt, hvad de har brug for; den er de nemlig i stand til at lukke op og atter lukke den i; og man ser slet ingen indvolde inde i den, men alene dette, at den på indersiden er tæt bevokset med lådne hår overalt, således at endog de spæde børn kryber ind i den, når de fryser.

21. Til klædning bruger rigmændene hos dem et

blødt stof af glas, de fattige har derimod klæder, der er vævet af kobber; egnene dér er nemlig meget rige på kobber, og de bearbejder kobberet på den måde, at de først fugter det med vand, ligesom vi gør med ulden, som vi bruger. Hvad angår beskaffenheden af de øjne, de har, nærer jeg nogen betænkelighed ved at fortælle derom, for at ikke nogen skal tro, at jeg lyver, da det lyder så utroligt. Men alligevel også dette vil jeg dog fortælle. De har øjne, der kan tages ud af hovedet, og enhver, der vil det, tager dem ud og gemmer dem, indtil han har brug for at se noget; så sætter han dem ind igen, og så kan han se. Der er også mange, som, når de har tabt deres egne øjne, låner andres og ser med dem; der findes endvidere adskillige, der har mange øjne på oplag, nemlig rigmændene. Ørene, de har, er som platanblade; dette gælder dog ikke om træfødningene, som kommer ud af agern, efter hvad jeg ovenfor har sagt; de er de eneste, der har træøren.

22. Der var også en anden forunderlig ting, jeg fik at se i kongens palads. Dér ligger der et meget stort spejl over en brønd, som ikke er ret dyb; når nu en stiger ned i brønden, kan han høre alt, hvad der siges hos os nede på Jorden; og når han ser ind i spejlet, kan han se alle byer og alle folkeslag, ganske som om han stod tæt ved siden af dem, hver især. Under mit besøg dér så jeg både mine slægtninge og hele mit fædrendeland; men om også *de* så mig, skal jeg ikke kunne sige med sikkerhed. Er der nogen, som ikke vil tro, at det forholder sig med dette, således som jeg her siger, så vil han nok, hvis også

han selv engang kommer didhen, komme til erkendelse af, at jeg taler sandhed.

23. Men for nu at komme tilbage til min rejse, så tog vi omsider venligt afsked med kong Endymion og hans omgivelser, gik om bord i vort skib og sejlede bort. Mig skænkede kongen også gaver, nemlig to kjortler af glas og fem af kobber samt en fuldrustning af lupiner; men alle disse ting måtte jeg lade tilbage i hvalfisken, som jeg siden skal fortælle om. Han medgav os også en eskorte af 1000 gribberyttere, som skulle ledsage os en strækning på indtil 500 stadier.

24. Under vor fart sejlede vi også forbi mange andre lande, men særlig vil jeg nævne, at vi lagde til ved Morgenstjernen, hvor man just var i færd med at anlægge nybygden; og dér gik vi fra borde og indtog vandforsyning. Derpå indskibede vi os igen og kom ind i Dyrekredsen, hvor vi under vor forbisejling havde Solen på venstre hånd og strøg tæt hen forbi den; vi gik nemlig ikke i land på den, skønt mine fæller havde stor lyst dertil; men vinden tillod det ikke. Imidlertid kunne vi se, at landet havde en rig vegetation og var fedt og vandrigt og fuldt af mange herligheder. Skykentaurerne, der tjente som lejetropper hos kong Faëthon, fik her øje på os og kom flyvende som til angreb ud imod vort skib; men da de fik at vide, at fredstraktaten, som var sluttet, også omfattede os, trak de sig tilbage. Også gribberytterne var allerede draget hjem igen.

25. Vi sejlede så videre den påfølgende nat og dag, således at vi fra nu af satte kursen nedad til de lavere

regioner, og vi kom da ved aftentide til den by, der kaldes Lampestaden. Denne by ligger i luftstrøget mellem Pleiaderne[15] og Hyaderne, dog meget lavere end Dyrekredsen. Dér gik vi fra borde; vi fandt intet menneske dér, men derimod lamper, som dels løb omkring på torvet, dels opholdt sig i egnen ved havnen; nogle af dem var små og så at sige fattige, og af dem var der mange, men der var også nogle få af rigmændenes og magthavernes klasse, som var overmåde strålende og synlige vidt omkring. Der var bygget boliger til dem og lampehuse, et til hver især; og de selv havde navne, ganske ligesom menneskene, og vi hørte dem tale, og de gjorde os intet ondt, men indbød os endogså gæstfrit til sig; vi var dog alligevel bange for dem, og ingen af os dristede sig til enten at spise eller at sove hos dem. Deres regeringsbygninger har de liggende midt i byen, og dér sidder den regerende øvrighedsperson hele natten igennem på sit sæde og kalder enhver til sig med navns nævnelse; den, som ikke svarer, når han bliver kaldt, regnes for desertør og dømmes til døden; dødsstraffen er at udslukkes. Vi stod tæt ved domstolen og så, hvad der gik for sig, og vi hørte tillige lamperne forsvare sig og anføre grundene til, at de var mødt for sent. Dér genkendte jeg også lampen fra vort eget hus og hilste på den og spurgte om, hvordan de hjemme i huset havde det; og den fortalte mig alt om forholdene dernede.

Den nat dvælede vi altså dér, men den følgende dag lettede vi anker og sejlede videre; nu var vi allerede kommet nærmere hen til skyerne. Dér så vi med forundring blandt andet byen Skykukkerup[16]; dog gik vi ikke i land i den, for vinden tillod det ikke. Det blev imidlertid fortalt os, at kongen dér hed Kragon, Drosselons søn. Og jeg kom til at tænke på digteren Aristofanes, en vis og sandhedskærlig mand, skønt man uden grund ikke har villet tro på, hvad han har skrevet. På den tredje dag efter denne fik vi endelig også tydeligt øje på Oceanet; men land kunne vi intet steds se, bortset fra landene oppe i luften; og disse tog sig nu ud for os som ildglødende og meget stærkt strålende. På den fjerde dag omtrent ved middagstid løjede vinden blidt af og lagde sig, og nu sank vi ned på havet.

26. Lige så snart vi havde berørt vandet, følte vi en vidunderlig behagelighed derved og var overmåde glade og gjorde os rigtig til gode på enhver måde, så godt som omstændighederne tillod det; og så sprang vi ud og svømmede; for det var just havblik, og søen var ganske rolig. Men det lader virkelig til, at forandringen til det bedre også tit bliver begyndelsen til større ulykker. For da vi havde sejlet blot to dage i magsvejr, og den tredje var ved at bryde frem, fik vi ved Solens opgang pludselig øje på mange store udyr og hvalfisk, deriblandt særlig en af uhyre størrelse, som overgik alle de andre; den var så meget som 1500 stadier lang. Den kom hen imod os med opspilet gab og bragte havet i oprør en lang strækning foran sig; den var omskyllet af fråde og viste sine tænder, der var meget længere end de fallosstænger, vi bruger hos os[17], alle sammen så spidse som palisadepæle og hvide, som om de var af elfenben.

Derfor gav vi da også hverandre den sidste afskedshilsen og omfavnede hverandre og sad så og ventede; og nu var den allerede lige ved os, og ved et sug opslugte den os med samt skibet. Dog nåede den ikke at få gabet lukket så tidlig, at den masede os med sine tænder, men gennem gabets og svælgets åbninger slap skibet uskadt helt ind i dens indre.

27. Da vi nu var derinde, herskede der i begyndelsen mørke, og vi kunne slet intet se; men noget efter åbnede den på ny gabet, og da så vi en stor og i alle retninger bred og høj bughule, rummelig nok til, at en by med 10.000 indbyggere kunne ligge dér. Inde i den lå der både små fisk og sønderlemmede stykker af mange andre dyr og sejl og ankre af skibe og menneskeknogler og skibsladninger, og i midten var der også en strækning landjord med bakker på; den var, efter hvad jeg antager, dannet ved bundfældning og sammenhobning af det dynd, den efterhånden havde opslugt. Der var da også vokset buskads og alle slags træer op derpå, og grønsager var spiret frem, og alt så ud, som om det var opdyrket. Landets omkreds beløb sig til 240 stadier, man kunne dér også se havfugle som måger og isfugle, der havde deres reder i træerne.

28. Straks efter vor ankomst sad vi nu længe og græd; men efter nogen tids forløb fik vi dog vore kammerater opmuntret, og så satte vi først stivere under vort skib, dernæst gned vi træstykkerne, som hørte til vort fyrtøj, mod hinanden og tændte ild op og lavede os et måltid, så godt som omstændighederne tillod det; der lå fuldt

op af alle slags fiskekød, og vand havde vi endnu af den forsyning, vi havde taget med fra Morgenstjernen. Den næste dag stod vi op fra vort leje, og hver gang hvalfisken åbnede sit gab, så vi snart landjord, snart bjerge, stundom ikke andet end himmelen, men tit også øer; vi mærkede da også godt, at hvalfisken bevægede sig med stor fart gennem havet i alle mulige retninger. Og da vi nu omsider var blevet vant til opholdet dér på stedet, tog jeg syv af mine kammerater med mig og gik ind i kratskoven i den hensigt at se mig om og undersøge alle forholdene. Jeg havde endnu ikke tilbagelagt hele fem stadier, før jeg fandt et Poseidontempel (indskriften på det viste, at det var et sådant), og kort efter fandt jeg også mange grave med gravtavler på og i nærheden deraf en kilde med klart vand; vi hørte fremdeles også en hunds gøen og så røg stige op i nogen frastand og formodede deraf, at der også måtte findes en eller anden landlig bolig.

29. Så gik vi da rask fremad, og vi traf nu på en gammel mand og en yngling, som med stor iver arbejdede med dyrkningen af en køkkenhave og gennem render ledte vand fra kilden ind over den. Vi standsede da, opfyldt på én gang af glæde og frygt; og *dem* gik det, som rimeligt var, ganske på samme måde som os selv, så de stod dér i nærheden af os uden at mæle et ord. Men langt om længe sagde så den gamle: »Nå, fremmede, hvem er så I? Hører I måske til havguderne, eller er I ulykkelige mennesker, der har haft en lignende skæbne som vi? For også vi var engang mennesker, som var opfostret på Jorden, men nu er vi blevet havboere, som svømmer omkring sammen med dette udyr, der omslutter os, og vi véd ikke engang rigtig nøje, hvordan det er fat med os; for rigtignok formoder vi, at vi er døde, men vi må alligevel tro på, at vi lever.« Herpå gav jeg til

gensvar: »Også vi, gamle fa'er, er sandelig mennesker, som nylig er kommet herhid; i forgårs blev vi nemlig opslugt med samt vort fartøj. Vi har nu begivet os længere op i landet, fordi vi gerne ville skaffe os kundskab om, hvorledes forholdene her i skoven er; det forekom os nemlig, at den var meget stor og tæt. Nu lader det jo til, at en guddom har ført os hid, for at vi både skulle se dig og erfare, at vi ikke er de eneste, der er lukkede inde i dette udyr; fortæl os da om din skæbne, hvem du er, og hvorledes du er kommen herind.« Han svarede da, at han hverken ville fortælle os noget eller spørge os om noget, førend han gæstfrit havde beværtet os med, hvad der stod til hans rådighed; og dermed tog han og førte os ind i sit hus (det havde han indrettet således, at det tilfredsstillede hans eget behov, og han havde bygget alkover til at sove i derinde og i øvrigt udstyret det med bohave), og han satte grønsager og træfrugter og fisk på bordet for os, ja han skænkede endog vin for os. Efter at vi så havde spist os rigtig mætte, spurgte han os om, hvorledes det var gået os; og jeg fortalte ham det da alt sammen i rækkefølge, om stormen og om vore hændelser på Dionysosøen, om vor sejlads i luften, om krigen og alt det øvrige lige indtil vor indsejling i hvalfiskens bug.

30. Han forundredes højlig derover, og nu fortalte han os til gengæld alt, hvad der var hændt ham selv. »Fremmede,« sagde han, »af herkomst er jeg en kyprier; jeg havde begivet mig ud på en handelsrejse fra mit fædreland sammen med min søn, som I ser her,

og desuden en mængde trælle, og jeg var på farten til Italien; jeg førte en ladning af mange forskellige varer med mig på et stort skib, hvis sønderslagne stumper I muligvis har set ude ved hvalfiskens mundåbning. Vor fart over havet gik heldigt, indtil vi nåede til Sikelien; men fra det sted af rev en voldsom stormvind os med sig, og på den tredje dag blev vi drevet ud på Oceanet. Dér traf vi på hvalfisken og blev slugt af den, både skib og mandskab, og kun vi to kom derfra med livet, mens alle de andre mistede det. Vi begravede så vore skibsfæller og opbyggede et tempel for Poseidon, og siden har vi levet det liv, I her ser os leve: vi dyrker grønsager her i vor have og har i øvrigt fisk og træfrugter til spise. Skoven er, som I selv kan se, stor, og der vokser sandelig også mange vinstokke i den, hvoraf vi får den dejligste vin; også kilden har I måske set, den giver os det prægtigste og køligste vand. Sengeleje laver vi os af træernes blade, brændsel til at tænde ild op med har vi rigeligt forråd af; vi fanger fugle, der kommer flyvende herind, og vi går også ud til hvalfiskens gæller, hvor vi fanger levende fisk; dér kan vi tillige tage os et bad, når vi har lyst. Men for resten findes der også ikke langt herfra en saltvandssø, som er omtrent tyve stadier i omkreds; i den lever der alle slags fisk, og i den kan vi både svømme og sejle på en lille båd, som jeg har tømret mig. Nu er der gået syv og tyve år hen, siden vi blev slugt. Og alt det andet kunne vi måske nok finde os tåleligt i; men vore grander og naboer volder os meget besvær og mange plager, da det er rå og vilde folk, som det ikke er til at have omgang med.«

31. »Bor der da virkelig,« sagde jeg, »også andre, hvem de nu end er, herinde i hvalfisken?« — »Ja, mange,« svarede han, »og det er ugæstmilde folk og yderst løjerlige af udseende og skabning. Henne mod vest, i den del af skoven, der ligger nærmest ved halen, bor klipfiskianerne, et folkefærd med åleøjne og krabbeansigter, krigeriske og dristige folk, som æder råt kød. På den modsatte kant, henne ved udyrets højre sidevæg, har vi tritonoglavinderne, som for oven ligner mennesker, men for neden sværdfisk; de er dog i mindre grad voldsmænd end de andre. Ved venstre side bor krebsarmene og tunhovederne, som har sluttet våbenbroderskab og venskab med hverandre. Landet inde i midten besiddes af hummeriderne og flyndrifoderne, et krigerisk folkefærd, udmærkede som hurtigløbere. Egnene mod øst, i umiddelbar nærhed af selve dyrets gab, er for størstedelen ubeboede, da de overskylles af havet; *jeg* ejer imidlertid strækningerne her mod at betale flyndrifoderne en årlig afgift derfor, nemlig 500 østers. Således er altså landet her beskaffent; og vi må nu se til, hvorledes vi skal kunne kæmpe mod disse mange folkeslag, og hvorledes vi skal skaffe os vort livsophold.«

32. »Hvor mange er de i alt, disse folk?« spurgte jeg. — »Der er over tusinde,« svarede han. — »Og hvad for våben har de?« — »Slet ingen,« sagde han, »uden benene af fiskene.« — »Nå,« sagde jeg, »så er det vel det bedste, at vi indlader os i slag med dem, eftersom *de* er ubevæbnede, mens vi selv har våben; for

hvis vi vinder sejr over dem, vil vi kunne bo her resten af vort liv uden frygt og fare.« — Dette besluttede vi da at gøre, og vi gik så tilbage til vort skib og rustede os til kampen. Anledning til krig skulle det være, at Skintharos (således hed den gamle) nægtede at betale sin tribut; betalingsterminen var nemlig just lige for hånden. De andre sendte da også bud og krævede tributten udbetalt; men Skintharos gav dem et hånligt overlegent svar og jog sendebuddene bort.

33. Først rykkede da nu flyndrifoderne og hummeriderne, opfyldt af forbitrelse, under stor alarm frem til angreb mod Skintharos. Vi, som forud havde anet angrebet, havde iført os vore våben og afventede deres komme; vi havde detacheret en hærafdeling på 25 mand og ladet dem lægge sig i baghold forude, og der var givet disse folk den befaling, at så snart de så, at fjenderne var draget forbi dem, skulle de rejse sig imod dem fra deres baghold. Således gjorde de også; de rejste sig op og faldt dem i ryggen og huggede løs på dem, mens vi andre, som ligeledes var 25 i tallet (for også Skintharos og hans søn var med i kampen sammen med os), gik imod dem forfra, kom i håndgemæng med dem og udholdt den farefulde kamp med mod og styrke. Til sidst slog vi dem da på flugt og forfulgte dem lige hen til deres smuthuller i jorden. Af fjenderne faldt der 170; vi selv mistede kun én mand, vor styrmand, som havde fået ryggen gennemboret med sidebenet af en havkarpe.

34. Den dag og natten derpå forblev vi nu lejret på

valpladsen; og vi rejste et sejrsmærke, idet vi stak den tørrede rygrad af en delfin ned i jorden som en pæl. Men den næste dag kom også de andre, som havde erfaret, hvad der var sket, for at kæmpe med os. Klipfiskianerne stod på højre fløj (de havde Torskensøn til anfører), tunhovederne stod på venstre, og krebsarmene i centrum; tritonoglavinderne holdt sig derimod i ro; de havde besluttet sig til at forblive neutrale. Vi gik da rask frem imod dem og stødte under vældigt kampskrig sammen med dem ved Poseidontemplet. Hvalfiskens indre gav genlyd af råbet ganske ligesom bjerghuler. Hurtigt slog vi dem på flugt, såsom de jo kun var letbevæbnede, og forfulgte dem ind i skoven; og fra nu af var vi herrer over landet.

35. Det varede da heller ikke ret længe, før de sendte herolder til os; de fik lov til at optage ligene af deres faldne og forhandlede med os om fred og venskab. Vi besluttede imidlertid ikke at gå ind på fred, men tværtimod rykkede vi den næste dag ud til angreb på dem, og så nedhuggede vi dem alle til sidste mand på tritonoglavinderne nær. Da disse så, hvad der skete, løb de deres vej ud til hvalfiskens gæller, og derfra styrtede de sig ud i havet. Vi gennemstrejfede derefter landet, som nu omsider var helt renset for fjender, og for eftertiden beboede vi det i tryghed. For det meste drev vi gymnastiske øvelser eller gik på jagt; vi dyrkede også vinplantningerne og indhøstede frugten på træerne, og i det hele lignede vi i vor levevis fanger, der i yppigt liv og fri for lænker opholder sig i et stort fangehus, hvorfra

det er umuligt at flygte bort.

36. På denne måde henlevede vi nu et år og otte måneder. Men i den niende måned, på den femte dag i måneden, omtrent ved den anden gabåbning (hvalfisken plejede nemlig at åbne gabet én gang hver time, og på den måde kunne vi altså regne os til, hvad time det var på dagen, under hensyn til gabåbningerne), altså, som jeg sagde, omtrent ved den anden gabåbning, hørtes der pludselig stærk råben og støj, og det var, som om der lød bådsmandspibesignaler og åreslag. Forskrækket krøb vi da op i selve udyrets gab, og som vi nu stod dér noget inden for dets tænder, fik vi at se det mest overraskende vidundersyn af alle dem, *jeg* har set; vi så nemlig nogle kæmpestore mænd, omtrent så meget som en halv stadie i højden, komme sejlende hen imod os, stående på nogle store øer, ligesom på krigsgalejer. Jeg véd nu nok, at man vil finde det ganske utroligt, hvad jeg vil fortælle; men jeg vil fortælle det alligevel. Øerne var aflange, ikke meget høje, hver især så meget som 100 stadier i omkreds, og på hver af dem sejlede af de omtalte mænd henved 120. Af disse sad en del på rad ved hver sin side af øen og roede med store cyprestræer, stammerne med samt deres grene og blade, ligesom med årer; men bagved dem, ude i agterstavnen, stod der, antager jeg da, en styrmand oppe på en høj bakke og holdt på et ror af kobber, som var omtrent 5 stadier langt. Henne i forstavnen stod der fremdeles henved 40 af dem, som var fuldt udrustet som sværtbevæbnede og kæmpede; de lignede i alle henseender mennesker

undtagen på hovedhåret; dette var nemlig ild og stod i lys lue, og derfor behøvede de heller ikke hjelme. Sejl havde de ikke, men i stedet derfor faldt vinden ind på den tætte skov, der stod på enhver af øerne, og bragte den til bugne og førte øen af sted i den retning, styrmanden ville. Der stod også en bådsmand, som gav rorkarlene kommandosignaler, og efter roningen bevægede øerne sig rask, ganske ligesom krigsskibe.

37. I førstningen så vi kun to eller tre sådanne øer; men senere kom der omtrent 600 til syne, og de ordnede sig i forskellige eskadrer og begyndte kampen og leverede hverandre søslag. Mange af dem stødte sammen med hinanden med forstavn mod forstavn; mange blev også ramt som med en skibssnabel og boret i sænk; andre klyngede sig fast sammen som til livtag og sloges drabeligt og kunne ikke let komme løs fra hinanden igen; for folkene, der stod opstillet til kamp med hinanden på forstavnene, gjorde sig al mulig umage for at entre modstandernes fartøj og slå dem ihjel; pardon gav ingen. I stedet for entrehager brugte de store polypper, bundet til et tov, og kastede dem over på hinanden; disse polypper slyngede så deres fangarme om træerne og holdt øen fast. Til kastevåben, hvormed de sårede hinanden, brugte de dels østersskaller, der var så store, at de kunne fylde en lastvogn, dels svampe af størrelse som en halv tønde land. Anførselen over den ene af parterne havde Aiolokentauros, over den anden Thalassopotes (Havdrikkeren), og det lod til, at det var et røvertog, der havde givet anledning til kampen imel-

lem dem; det sagdes nemlig, at Thalassopotes havde bortdrevet talrige hjorder af delfiner, som tilhørte Aiolokentauros; alt dette sluttede vi af de beskyldninger, vi hørte dem udslynge mod hinanden, og de råb, hvorved de nævnede deres kongers navn.

38. Til sidst vandt Aiolokentauros' folk sejr; de borede henved 150 af fjendernes øer i sænk og erobrede tre med samt mandskabet på dem; de øvrige roede baglæns ud af kampen og gav sig på flugt. Modstanderne forfulgte dem en strækning vej, men da så aftenen faldt på, vendte de tilbage, gav sig i lag med vragene og fik de fleste i deres magt; desuden optog de deres egne vrag, for også af *deres* øer var ikke færre end 80 blevet sænket. Endvidere rejste de et sejrsmærke til minde om søslaget med øerne; de stablede nemlig en af de fjendtlige øer op på hvalfiskens hoved. Den nat igennem lå de så i bivuak rundt omkring dyret; til dette havde de fastgjort deres fortøjningstov, og i nærheden havde de udkastet deres ankre; de brugte nemlig også store ankre, som var af glas og meget stærke. Den næste dag holdt de ofring på hvalfisken, begravede deres faldne på den og sejlede så bort i glad stemning og under afsyngelse af en slags sejrssange. Dette var altså det, der skete i øslaget.

ANDEN BOG

1. Fra dette øjeblik af kunne jeg ikke længere udholde livet inde i hvalfisken, og led og ked af opholdet dér søgte jeg at finde på et eller andet middel, ved hvilket jeg muligvis kunne slippe ud. Først besluttede vi da at grave et hul igennem den i dens højre sidevæg og så løbe vor vej; vi begyndte også på at hugge os igennem, men da vi var kommet så meget som fem stadier fremad og alligevel ikke kunne få nogen ende på værket, holdt vi op med gravningen og besluttede os til at stikke skoven i brand; for så, tænkte vi, ville hvalfisken nok dø, og hvis dette skete, ville det være let for os at slippe ud. Så begyndte vi da med at stikke ild på de dele af skoven, der lå ude ved dens hale; syv dage igennem og lige så mange nætter var den ganske ufølsom for branden, men på den ottende og niende kunne vi skønne, at den var syg; det gik sendrægtigere med dens gaben, og hver gang den havde åbnet munden, lukkede den den hurtigt igen. På den tiende og ellevte var den afgjort ved at blive til et lig og lugtede meget ilde; på den tolvte faldt det os omsider ind, skønt vi nær havde glemt det, at, hvis vi ikke, når den gabede, satte stivere ind imellem dens kindtænder, så den ikke mere kunne lukke dem sammen, ville vi stå i fare for at blive indelukket, så vi måtte omkomme inde i selve liget. Derfor spærrede vi dens gab op med store planker, og så gjorde vi vort skib i stand og tog så stor en forsyning af vand som muligt

med om bord og ligeledes de øvrige fornødenheder; Skintharos skulle være vor styrmand.

2. Den påfølgende dag var hvalfisken endelig død, og vi trak nu skibet løs fra dets leje, halede det ud gennem svælgets og gabets åbninger, hejste det op, så det hang ved udyrets tænder, og lod det derpå glide ned på havet. Derefter steg vi op på hvalfiskens ryg og holdt dér en ofring til Poseidon ved siden af sejrsmærket fra øslaget; og efter at vi så havde ligget roligt dér i tre dage (det var nemlig vindstille), afsejlede vi på den fjerde dag. Under vor fart traf vi på mange lig af folkene fra øslaget og lod vort skib nærme sig tæt hen til dem, så at vi kunne udmåle legemernes størrelse, som vakte vor forundring. Nu sejlede vi nogle dage i dejligt magsvejr, men derefter blæste en voldsom nordenvind op, som medførte en stærk kulde, så at hele havet frøs til is under den, ikke blot på overfladen, men også i en dybde af henved 400 favne; vi kunne derfor endog stige ud fra skibet og holde kapløb på isen. Men da blæsten varede ved, og vi ikke kunne udholde den, fandt vi på følgende råd (det var for resten Skintharos, der stillede forslag derom): vi gravede os en meget stor hule i vandet eller isen, i hvilken vi så forblev i 30 dage; i den tændte vi ild op, og vi levede af fisk, som vi fik fat på ved at grave dem op af isen. Da imidlertid levnedsmidlerne omsider slap op for os, gik vi ud af hulen, trak det indefrosne skib op af isen, spændte sejlene ud og lod os så trække af sted af vinden, glat og jævnt glidende hen over isfladen, ret som om vi sejlede. På den femte dag blev luften

omsider varm, isen smeltede, og alt blev igen til vand.

3. Så sejlede vi omtrent 300 stadier videre og lande-
de derpå ved en lille og øde ø; fra den hentede vi vand-
forsyning, for vor vandbeholdning var nu sluppet op,
og vi nedlagde også ved pileskud to vilde tyre, hvorefter

vi sejlede bort. De omtalte tyre havde horn ikke i panden, men under øjnene, således som Momos[18] engang ville have at det skulle være. Ikke lang tid derefter kom vi ind i et hav, der ikke var af vand, men af mælk, og i det opdagede vi en hvid ø, der var fuld af vinstokke; øen selv var en vældig stor, meget fast ost, hvad vi senere erfarede ved at spise noget af den, og den var 25 stadier i omkreds; vinstokkene hang fulde af druer, dog var det ikke vin, men mælk, vi pressede ud af dem. Midt på øen var der bygget en helligdom for Galateia[19], den mælkehvide nereïde, således som indskriften på den viste. I al den tid, vi forblev dér, tjente landet selv os til sul og brød, og til drikke havde vi mælken fra vinstokkene. Det blev fortalt os, at det var Tyro, Salmoneus' datter, der som dronning beherskede disse egne; denne æresstilling havde hun fået af Poseidon efter sin bortgang fra vor Jord.

4. Efter at vi havde opholdt os på øen fem dage, brød vi op derfra på den sjette; en mild luftning ledsagede os på vor fart, og bølgegangen i havet var ganske jævn. På den ottende dag sejlede vi ikke mere gennem mælken, men nu var vi ude på salt og blågrønt vand, og dér fik vi øje på en mængde mennesker, der løb omkring oppe på havfladen. De lignede os selv i alle henseender, både i legemets form og bygning og i størrelse, bortset alene fra fødderne; deres fødder var nemlig af kork, og derfor, antager jeg, hed de også korkfødder. Det vakte naturligvis vor forundring, da vi så, at de ikke sank ned under vandet, men holdt sig oppe over bølgerne

og uden frygt og fare vandrede omkring derpå; de kom også hen til os og hilste venligt på os (de talte hellenisk), og de fortalte os, at de ilede af sted for at komme hjem til Korkø, som var deres fædreland. En tid lang ledsagede de os nu på vejen og løb ved siden af vort skib; men derpå slog de ind på en anden vej og gik bort efter at have ønsket os lykke på rejsen. Det varede nu ikke længe, før vi opdagede en mængde øer; i nærheden af os, på venstre hånd, lå Korkø, som hine folk hastede hjem til, med en by, der var bygget på et stort, rundt stykke kork; længere borte og mere til højre for os var der fem meget store og højt i vejret ragende øer, og op fra dem blussede der en stærk ild. Men lige foran vor forstavn lå der én flad og lav ø, som havde en længdeudstrækning af ikke mindre end 500 stadier.

5. Da vi nu kom hen i nærheden af denne ø, ombølgede en ganske vidunderlig luftning os, behagelig og vellugtende, sådan som den, der, efter hvad historieskriveren Herodot siger[20], dufter ud fra det Lykkelige Arabien. Det var nemlig, som om roser og narcisser, hyacinter og liljer og violer, ja tilmed myrter og laurbær og vinrankeblomster havde forenet sig om at udånde den dejlige duft, der slog os i møde. Opfyldt af velbehag ved denne duft og af forhåbninger om alt godt efter de langvarige besværligheder nærmede vi os omsider lidt efter lidt til øen. Dér så vi da også rundt omkring på hele kysten mange havne, som var fri for bølgegang, og store floder med klart, gennemsigtigt vand, som strømmede roligt ud i havet, og vi så frem-

deles enge og skove og syngende fugle, hvoraf nogle stod på strandbredderne og sang, mange også på træernes grene; en let og for åndedrættet behagelig luft var udbredt over landet, og milde luftninger åndede sagte gennem skoven og satte den i bevægelse, således at der også fra træernes grene, idet de rørte sig, vedholdende klang fornøjelige melodier, der lignede fløjtetonerne fra de rørfløjter eller panfløjter, man finder anbragt på øde, ensomme steder[21]. Der hørtes tillige stadig en stærk klang af stemmer, blandet mellem hinanden, ikke larmende, men sådan som man kunne få den at høre ved et drikkelag, når nogle af deltagerne spiller på fløjte, andre synger dertil, atter andre slår kastagnetter til fløjtens eller citharens toner.

6. Fortryllet ved alt dette sejlede vi ind til land, lagde vort skib for anker og gik fra borde efter at have ladet Skintharos og to af vore kammerater blive tilbage ved fartøjet. Og mens vi nu gik fremad gennem en rigt blomstrende eng, traf vi på vogterne og strandvagterne; disse lænkebandt os med rosenkranse (dette er nemlig de sværeste lænker, de bruger dér i landet), og så førte de os op til landets styrer; af dem hørte vi undervejs, at øen var den, man kalder de Saliges Ø[22], og at dens styrer var kreteren Rhadamanthys. Efter at vi altså var blevet ført op for ham, blev vi stillet på fjerde plads i rækken blandt dem, der skulle holdes dom over.

7. Den første sag, der behandledes, drejede sig om Aias, Telamons søn; spørgsmålet var, om han skulle optages i heroernes kreds eller ikke; anklagen, der ret-

tedes mod ham, lød på, at han var blevet afsindig og havde begået selvmord[23]. Der blev talt meget frem og tilbage om sagen, men til sidst fældede Rhadamanthys den kendelse, at nu for øjeblikket skulle han gives i kur til lægen Hippokrates fra Kos for hos ham at drikke en dosis helleboros[24], men senere, når han havde fået sin forstand igen, skulle han have adgang til at deltage i drikkelaget.

8. Den anden retsstrid var en elskovsstrid, idet Theseus og Menelaos førte proces med hinanden om, hvem af dem der skulle have Helene til kone. Her kendte Rhadamanthys for ret, at hun skulle leve sammen med Menelaos, eftersom han havde døjet så meget besvær og udstået så mange farer for sit ægteskabs skyld; Theseus havde jo desuden, sagde han, også andre koner, både amazonen og Minos' døtre.[25]

9. Den tredje sag, der blev pådømt, førtes mellem Alexander Filips søn og karthaginienseren Hannibal om ærespladsen; det blev bestemt, at Alexander skulle have forrangen, og der blev hensat en tronstol for ham ved siden af perserkongen Kyros.

10. Som nummer fire i rækken blev så vi ført for domstolen. Rhadamanthys spurgte os om, hvad der gik af os, siden vi, mens vi endnu var i live, havde betrådt dette hellige sted; og vi fortalte ham da alt, hvad der var hændt os, det ene efter det andet. Han lod os derpå træde til side og overvejede lang tid igennem sagen og rådførte sig om os med sine bisiddere; til bisiddere havde han foruden mange andre særlig også Aris-

teides den Retfærdige fra Athen. I overensstemmelse med *hans* anskuelse[26] afgav han den kendelse, at for vor overdrevne nysgerrighed og vor derved foranledigede udenlandsrejse skulle vi aflægge det skyldige regnskab, når vi engang var døde; men nu for øjeblikket måtte vi forblive en bestemt tid dér på øen og leve sammen med heroerne, og derefter skulle vi begive os bort. Han fastsatte også fristen for vort ophold dér i landet til ikke over syv måneder.

11. Derefter faldt rosenkransene ganske af sig selv af os, og vi var nu løst og blev ført hen til byen og ind i de saliges drikkelag. Selve byen er helt igennem af guld, og omkring den ligger der en mur af smaragd; der er syv porte i den[27], alle sammen lavet af et enkelt stykke træ, og det er kaneltræ. Grundfladen for byen og jordbunden inden for muren er af elfenben, og der er templer for alle guder, bygget af beryl; i dem var der også meget store altre, hvert dannet af en enkelt sten, som er en ametyst, og på dem ofrer de deres hekatomber. Rundt omkring byen løber der en flod af den dejligste salveolie; den har en bredde af 100 alen efter det kongelige persiske mål[28] og en dybde af 50 alen, så at man meget let kan svømme i den. Til badeanstalter bruger de store huse af glas, som opvarmes med kanel; i stedet for vand har de i badekummerne varm dug.

12. Til klædning bruger de fine, purpurfarvede spindelvæv. De selv har ikke legemer, men er helt uberørlige og uden kød, og det eneste, de frembyder til skue, er skikkelse og form; men skønt de er ulegemlige,

har de dog konsistens og bevæger sig og tænker og taler, og i det hele ser det ud, som om deres sjæl så at sige går nøgen omkring, omhyllet af noget, der har en vis lighed med et legeme. Så meget er vist, at, hvis man ikke prøvede at røre ved dem, ville man ikke kunne godtgøre for sig selv, at det, man ser, ikke er et legeme; de er nemlig ligesom skygger, dog holder de sig rankt i vejret og er ikke sorte. Ingen ældes dér, men enhver vedbliver at beholde den alder, han havde ved sin ankomst. Der indtræder heller aldrig nat hos dem, men på den anden side heller ikke fuldt strålende dag; sådan nemlig, som dæmringslyset er, når morgenrøden nærmer sig og Solen endnu ikke er stået op, sådan er det lys, der udbreder sig over landet. De kender fremdeles også kun én årstid, for det er altid vår hos dem, og der blæser kun én vind hos dem, nemlig vestenvinden.

13. Landet er frodigt bevokset med alskens blomster, ligeledes med alle slags buske og træer, som både svarer til dem, der dyrkes hos os og giver skygge; således har de vinstokke, der bærer frugt tolv gange om året, og i hver måned kan man plukke druer af dem; ja om granatæbletræerne, de almindelige æbletræer og alle de andre frugttræer fortalte de endogså, at de bar tretten gange; i én af månederne, den, der hos dem kaldes Minosmåneden, får de nemlig to gange frugt. I stedet for hvedekorn frembringer aksene fuldt færdigt brød, der sidder på toppen af stænglerne ligesom paddehatte. Rundt omkring byen findes der 365 kilder med vand og lige så mange andre med honning samt 500 med sal-

veolie, de sidste dog mindre end de andre; endvidere er der syv floder med mælk og otte med vin.

14. Pladsen, hvor de holder drikkelag, er indrettet uden for byen på den slette, man kalder Elysionssletten; den er en overmåde dejlig eng, som trindt er omgivet af en tæt skov af alle slags træer, der udbreder skygge over dem, som ligger ved bordene dér, og de hviler på et leje af blomster. Opvartningen besørges af vindene, som bringer alt omkring til dem; dog skænker de ikke vin. Den tjeneste har de nemlig ingen brug for, idet der rundt omkring gildespladsen står nogle store træer af det klareste krystal, og frugten på disse træer er drikkebægre af alle mulige slags, både hvad udstyrelsen og størrelsen angår; når da nu en indfinder sig ved drikkelaget, plukker han et eller to af disse bægre og sætter dem hen foran sig, og de bliver straks fyldt med vin af sig selv. Således drikker de altså; og erstatning for kranse får de på den måde, at nattergale og de andre sangfugle plukker blomster med deres næb fra engene i nærheden og lader blomsterne falde som sne ned på dem, mens de med sang flyver hen over dem. Salve og vellugtende essenser får de fremdeles på følgende måde: tætte skyer drager disse sager op til sig fra kilderne og floden, og derefter stiller de sig hen over gildespladsen og lader dem under et sagte pres af vindene falde ned derpå i en fin støvregn ligesom dug.

15. Ved måltidet underholder de sig med musik og sange; det er først og fremmest Homers digte, der synges for dem; han er nemlig også selv til stede dér og del-

tager med dem i gildet, hvor han ligger til bords oven for Odysseus. Korene er dannet af drenge og ungmøer; de, der leder sangen og akkompagnerer den, er lokreren Eunomos[29] og Arion fra Lesbos samt Anakreon og Stesichoros; også denne sidste så jeg nemlig hos dem, idet nu omsider Helene havde forsonet sig med ham. Når de, jeg her har nævnt, holder op med at synge, træder det næste kor ind, dannet af svaner, svaler og nattergale; og når også disse har sunget, så lader til sidst hele skoven fløjtetoner klinge under ledelse af vindene.

16. Det væsentligste hjælpemiddel, de har til at fremkalde glad stemning ved deres lag, er imidlertid det, som jeg nu skal nævne. Ved siden af gildespladsen findes der to kilder, Latterens kilde hedder den ene, Lystens den anden; af begge disse drikker de alle ved begyndelsen af gildet, og den øvrige tid tilbringer de så i lystighed og latter.

17. Jeg vil nu også fortælle om, hvilke af de berømte personligheder jeg så hos dem. Først var der alle halvguderne og de, der havde været med på krigstoget mod Ilion, med undtagelse af lokreren Aias[30]; han alene, sagde de, var i de ugudeliges bolig, hvor han led straf. Af barbarerne var der fremdeles Kyros, både den ældre og den yngre, og skytheren Anacharsis og thrakeren Zamolxis[31] og Numa fra Italien. Også lakedaimonieren Lykurgos var dér, og athenaierne Fokion og Tellos[32] og de vise på Periandros nær. Jeg så endvidere også Sokrates, Sofroniskos' søn, som snakkede fortroligt med Nestor og Palamedes[33]; om ham flokkede sig lakedaimo-

nieren Hyakinthos og Narkissos fra Thespiai og Hylas og mange andre smukke ynglinge, og det forekom mig, at han var forelsket i Hyakinthos; i det mindste disputerede han meget med ham. For øvrigt fortalte man, at Rhadamanthys var vred på ham og mange gange havde truet med at ville jage ham bort fra øen, hvis han blev ved med sin sladren og ikke ville lade sin spottelyst fare og gøre sig til gode ved gildet i ro. Platon alene var ikke til stede; man fortalte derimod, at han boede for sig selv i den stat, han havde lavet[34], og levede dér under den statsforfatning og efter de love, han selv havde skrevet.

18. Aristippos og Epikur[35] samt deres tilhængere indtog imidlertid første rang hos dem, eftersom de er behagelige og elskværdige folk og gode selskabsbrødre fremfor andre. Også frygeren Aisopos[36] var til stede; ham bruger de til alt, hvad en spasmager bruges til. Diogenes fra Sinope havde i den grad forandret sit væsen, at han endog havde giftet sig med hetæren Laïs og mangen en gang, når han var beruset, stod op og dansede og gjorde kåde streger. Men af stoikerne var ingen til stede; man sagde, at de endnu bestandig var i færd med at stige op ad dydens stejle bakke, og om Chrysippos[37] hørte vi også, at det ikke var ham tilladt at betræde øen, før han for fjerde gang havde renset sig for galskab med en dosis helleboros. Om akademikerne[38] fortalte de, at de nok havde lyst til at komme derhen, men at de endnu stadig holdt sig tilbage og tænkte over sagen; for de havde endnu ikke engang fået rigtigt rede på selve dette

spørgsmål, om overhovedet en sådan ø var til; desuden, antager jeg, var de også bange for at indstille sig til dom for Rhadamanthys, såsom de jo selv har erklæret det for umuligt at finde en rettesnor, hvorefter der kan dømmes. Imidlertid, fortalte man, havde mange af dem begivet sig på vej for at følge dem, der kom herhen, men af træghed sakkede de så bagud, fordi de ikke kunne få rede på sagen, og vendte om igen, når de havde nået halvvejen.

19. Disse var altså dem af de tilstedeværende, der mest fortjener at omtales. Men allermest ærer de Achilleus og næst efter ham Theseus. Hvad kønsomgang og kærlighedsnydelser angår, er deres anskuelser følgende: de forener sig ganske åbenlyst for alles øjne såvel med kvinder som med mænd, og der er efter deres mening aldeles ingen skam herved. Alene Sokrates svor bestemt på, at han rent og kysk omgikkes med ynglingene, men alle nærede rigtignok den mening om ham, at i dette svor han falsk; så meget er i alt fald vist, at Hyakinthos eller Narkissos tit gik til bekendelse, men *han* fastholdt sin benægtelse. Kvinderne er fælles for alle, og ingen mand er skinsyg på en anden, men i dette punkt holder de sig nærmest til Platons anskuelser. Også drengene giver sig hen til enhver, der har lyst, uden nogen indsigelse.

20. Der var knap nok gået to eller tre dage hen, så gav jeg mig i lag med digteren Homer (for vi havde begge god tid), og blandt andet spurgte jeg ham[39] også om, hvorfra han var; dette var, sagde jeg, et spørgsmål, hvor

over man lige til den dag i dag granskede med største iver nede hos os på Jorden. Han svarede mig, at det heller ikke var ham selv ubekendt, at nogle anså ham for en chier, andre for en smyrnaier, mange også for en kolofonier; han var imidlertid, sagde han, en babylonier, og hos sine medborgere hed han ikke Homer, men Tigranes; senere havde han dog forandret sit navn, efter at han havde opholdt sig som gidsel (*hómeros*) hos hellenerne. Fremdeles udspurgte jeg ham også angående de vers hos ham, man erklærer for uægte, om de virkelig var skrevet af *ham*. Ja, svarede han, de var alle af ham selv. Da fik jeg rigtignok slemme tanker om Zenodot og Aristarch med deres grammatikerfølge for alt deres flove kritiske pindehuggeri. Efter at han nu havde givet mig fyldestgørende svar angående disse ting, gjorde jeg ham på ny det spørgsmål, hvorfor han dog havde begyndt sit digt med ordet »Vreden«; og han svarede, at det sådan var faldet ham i munden, uden at han havde haft nogen bestemt hensigt dermed[40]. Jeg havde også lyst til at vide, om han havde skrevet Odysseen tidligere end Iliaden, således som de fleste påstår; men *han* benægtede det. At han naturligvis heller ikke var blind, hvad man også fortæller om ham, det fik jeg straks at vide; for det så jeg med mine egne øjne, så at jeg ikke engang behøvede at spørge derom. Lignende forhandlinger førte jeg også med ham ved mange andre lejligheder, når jeg så, at han havde god tid; så gav jeg mig nemlig i lag med ham og spurgte ham om et eller andet, og han gav mig beredvilligt svar på alt, særlig efter sin proces, da han havde vundet den; der var nemlig indbragt en anklage for injurier mod ham af Thersites i anledning af de hånsord mod denne, han havde fremført i sit digt[41], men Homer vandt sagen med Odysseus til advokat.

21. Omtrent ved samme tid ankom også Pythagoras fra Samos til øen, efter at han syv gange havde skiftet skikkelse og levet i lige så mange liv og omsider fået fuldendt sine sjælevandringer; hele den højre halvdel af ham var af guld[42]. Dommen over ham lød på, at han skulle leve i samfund med dem; dog herskede der endnu nogen tvivl om, hvorvidt man skulle kalde ham Pythagoras eller Euforbos. Men hvad Empedokles angår, ja, da kom vel også han derhen, sveden på alle sider og stegt på hele sit legeme; men man ville ikke modtage ham, skønt han tiggede indstændigt derom[43].

22. Medens nu tiden skred frem, indtraf den fest med væddekampe hos dem, som kaldes Dødefesten. Lederne af væddekampene var Achilleus for femte og Theseus for syvende gang. Jeg skal her blot fortælle om det væsentligste af det, der skete; det øvrige ville det være for vidtløftigt at tale om. I brydekamp vandt Karos[44], en ætling af Herakles, sejr efter at have fået bugt med Odysseus. I nævekamp mødtes ægypteren Areios, som ligger begravet i Korinthos, og Epeios med hinanden, men kampen forblev uafgjort. I pankration holdes der ingen væddekamp hos dem; derimod nok i løb, men hvem det var, der sejrede dér, kan jeg ikke længere huske. Af digterne overgik i virkeligheden Ho-

mer langt alle andre, men alligevel gik af med sejren[45]. Kampprisen var for alle en krans flettet af påfuglefjer.

23. Festlegene var lige nylig blevet endt, da der kom efterretning om, at de, der straffedes i de ugudeliges bolig, havde sønderbrudt deres lænker, overvældet vag-

ten og nu var på krigstog mod øen; til anførere havde de Falaris fra Akragas, Busiris fra Ægypten, thrakeren Diomedes og sådanne folk som Skeiron og Pityokamptes[46]. Da Rhadamanthys havde hørt dette, opstillede han heroerne til kamp på strandbredden; anførerne for dem var Theseus og Achilleus samt Aias, Telamons søn, som nu havde fået sin forstand igen. De stødte da sammen med fjenderne, og det kom til et slag, hvori heroerne vandt sejr. Det var Achilleus, der med held havde udført de fleste bedrifter; dog havde også Sokrates, der var stillet på højre fløj, udmærket sig, og det langt mere, end da han i sine levedage kæmpede ved Delion[47]. Skønt nemlig fjenderne trængte på, flygtede han ikke og forandrede ikke en mine i sit ansigt; derfor blev der da også senere udtaget en særlig tapperhedsbelønning til ham, en skøn og meget stor have i forstaden til byen, hvor han plejede at sammenkalde sine omgangsvenner og førte samtaler med dem; stedet gav han navnet Dødeakademiet.

24. Efter at de havde taget de besejrede fjender til fange og på ny bundet dem i lænker, sendte de dem bort til deres bolig for at blive straffet endnu strengere. Også denne kamp har Homer beskrevet, og da jeg skulle rejse bort, gav han mig bøgerne med sit digt, for at jeg skulle overbringe dem til menneskene her på vor Jord; men senere mistede jeg også dem tillige med alt det andet. Digtets første vers lød således:

Musa, fortæl mig nu om de døde heroers kampfærd.

Nå, men dengang kogte de så bønner og fejrede, således som det er skik hos dem, når de har haft held i krigen, sejrvindingen med et gilde og holdt en stor fest; den eneste, der ikke tog del i denne, var Pythagoras. Han satte sig tørmundet langt borte, fordi han nærer afsky for at spise bønner.

25. Allerede var seks måneder forløbet, og vi var henne ved midten af den syvende; da indtraf der nye og overraskende ting. Kinyras, Skintharos' søn, som var en høj og smuk ung mand, havde allerede længe være forelsket i Helene, og det var tydeligt nok, at også hun var rasende forelsket i ynglingen; så meget er vist, at de tit og ofte både nikkede til hinanden ved drikkelaget og hilste på hinanden med bægeret, og de rejste sig op og forlod forsamlingen og flakkede ene sammen omkring i skoven. Omsider, da Kinyras, forvildet af elskov, ikke kunne finde på noget andet råd, fattede han den plan at røve Helene og flygte bort med hende. Også hun gik ind på dette, at de skulle liste sig bort og begive sig til en af de i nærheden liggende øer, enten til Korkøen eller til Osteøen. Til medsammensvorne havde de allerede for længst fået tre af mine skibsfæller, de mest forvovne blandt dem alle. For sin fader havde han imidlertid ikke røbet denne plan; for han vidste nok, at han ville blive forhindret deri af ham. Da de nu mente, at øjeblikket var kommet, iværksatte de deres forehavende; så snart det var blevet nat (jeg selv var ikke til stede, for jeg var just faldet i søvn ved drikkelaget), tog de, uden at de andre mærkede noget dertil, Helene med sig i en

båd og sejlede i al hast ud på dybet.

26. Omtrent ved midnat vågnede imidlertid Menelaos; og da han mærkede, at hans kone ikke var i sengen, gjorde han anskrig, tog sin broder med sig og gik til kong Rhadamanthys. Så snart dagen brød frem,

kom udkigsmændene og meldte, at de kunne se båden, som ikke var langt borte; så lod Rhadamanthys 50 af heroerne gå om bord i et skib, der var bygget af ét eneste stykke asfodelostræ, og gav dem befaling til at forfølge flygtningene. De roede til med al mulig iver, og omtrent ved middagstid indhentede de dem, just som de var i færd med at sejle ind i mælkeoceanet i nærheden af Osteøen; så lidt manglede der i, at de var undløbet. Derpå tog de båden på slæbetov ved en rosenlænke og sejlede hjem med den. Helene græd og skammede sig og indhyllede sig i sit slør; men Kinyras og hans kammerater blev først forhørt af Rhadamanthys, som spurgte dem, om der også var andre, der var medvidere i sagen, hvilket de benægtede; derefter lod han dem lænkebinde ved skamdelene og piske med katosteris og sendte dem så bort til de ugudeliges opholdssted.

27. Men dernæst vedtog de en folkebeslutning om at sende også os bort fra øen inden udløbet af den givne frist; vi måtte kun blive dér endnu den påfølgende dag. Da jamrede jeg mig bitterlig og græd ved tanken på, hvilke herligheder jeg skulle forlade for på ny at flakke vildsomt omkring; de søgte imidlertid at trøste mig, idet de sagde, at det ikke skulle vare mange år, før jeg atter kom tilbage til dem, og de viste mig allerede nu den tronstol og den løjbænk, jeg engang i fremtiden skulle have, i nærheden af de bedste mænd. Jeg henvendte mig da til Rhadamanthys og bad ham indstændig om at sige mig, hvad der skulle times mig i fremtiden, og give mig anvisning om min sejlads. Han svarede, at jeg

skulle komme hjem til mit fædreland, efter at jeg først havde flakket meget om og udstået mange farer; men yderligere at angive mig tiden for min hjemkomst ville han ikke indlade sig på. Imidlertid pegede han på de i nærheden liggende øer (man kunne se i alt fem sådanne, og desuden var der en sjette længere borte), og så sagde han: »Disse øer, de i nærheden, fra hvilke du ser den stærke ild blusse op, er de ugudeliges, men den sjette hist ovre er Drømmenes stad; næst efter denne kommer Kalypsos ø, men den kan du ikke se endnu. Når du er sejlet forbi disse, da vil du omsider komme til det store fastland, der ligger på den modsatte side af det, som I mennesker bebor. Efter at du så har døjet meget dér og er vandret gennem mange forskellige folkefærds lande og har opholdt dig hos uselskabelige mennesker, skal du langt om længe komme til jeres eget fastland.«

28. Dette var, hvad han sagde til mig; og derefter trak han roden af en katostplante op af jorden[48] og rakte mig den, idet han bød mig, at jeg under de største farer skulle vende mig til denne med mine bønner. Derhos gav han mig forskellige formaninger for den tids skyld, da jeg mulig ville komme tilbage til den Jord, hvorpå vi her bor; jeg måtte hverken rage op i ild med et sværd, ej heller spise lupinbønner, ikke heller have omgang med en dreng, som var over 18 år; når jeg ihukom disse forskrifter, sagde han, kunne jeg gøre mig forhåbninger om at komme tilbage til øen. — Derefter gav jeg mig til at træffe de nødvendige forberedelser til min sejlads, og da det rette øjeblik var kommet, deltog

jeg i et afskedsgilde med dem. Den næste dag henvend-
te jeg mig til digteren Homer og bad ham om at lave
mig et indskriftdigt på to verslinjer; og da han havde
lavet det, rejste jeg en tavle af berylsten nær ved havnen
og skrev indskriften på den. Indskriftverset lød således:

Alt, hvad der her var at se, Lukianos, de salige guders yndling, har set og er så til sit fædreland draget tilbage.

29. Jeg forblev nu dér også den dag, men den næste dag lavede jeg mig så endelig til at sejle bort; heroerne fulgte mig på vej. Dér kom da også Odysseus hen til mig og gav mig, uden at Penelope opdagede det, et brev, som jeg skulle tage med til øen Ogygia og overrække til Kalypso. Rhadamanthys lod færgemanden Nauplios[49] ledsage mig; han skulle for det tilfældes skyld, at vi lagde til ved øerne, sørge for, at ingen dér fængslede os, idet han skulle bevidne, at vor handelsrejse havde et helt andet mål. Da vi altså nu under vor sejlads fremad var kommet uden for det område, hvorover den dejligt duftende luft bredte sig, mødtes vi til afveksling straks af en skrækkelig stank ligesom af asfalt og svovl og beg, der i samlet masse stod i brand, og der var tillige en kvælende og uudholdelig fedtdunst som af mennesker, der stegtes; luften var mørk og tågefyldt, og der dryppede en begagtig dug ned fra den; vi hørte også hvin af piskeslag og jammerklager af mange mennesker.

30. De andre øer landede vi nu ikke ved, men den, vi betrådte, havde følgende beskaffenhed: rundt omkring på alle sider havde den stejle, brat nedludende skrænter; den var opfyldt af nøgne og golde klipper og urer; ikke et træ fandtes på den, heller ikke vand. Ikke desto mindre kravlede vi op ad skrænterne og gik så videre frem ad en af tjørne og spidse pæle opfyldt sti, omgivet af et landskab, der så overmåde hæsligt ud. Da vi derpå var kommet hen til fængslet og straffestedet, stod

vi først og betragtede med forundring pladsens natur. Af selve jordbunden var der nemlig overalt skudt sværd og spidse pæle frem ligesom blomster, og omkring den strømmede der tre floder, den første med mudder, den anden med blod, den tredje og inderste med ild; denne sidste var meget bred og ikke til at vade over, og den flød ligesom vand og havde bølgegang ligesom havet; der var også mange fisk i den, hvoraf nogle lignede blussende brande, mens andre, de små, så ud som glødende kul; dem kaldte man lygtestejler.

31. Der var kun én eneste snæver adgang til pladsen over alle strømmene, og som indgangsvogter ved den stod Timon fra Athen[50]. Vi fik imidlertid under Nauplios' ledelse lov til at slippe ind, og vi så da, hvorledes de ugudelige blev straffet. Vi så mange konger, ligeledes mange privatmænd, og nogle af dem genkendte vi også; vi så bl. a. Kinyras, som var hængt op ved skamdelene og langsomt blev røget over ild. De, der viste os omkring, gav os også oplysninger om de enkeltes livsførelse og om grundene til, at de blev straffet. De sværeste af alle straffe måtte de udstå, der i deres liv havde sagt en eller anden løgn og disket op med usandheder i deres skrifter; til dem hørte både Ktesias fra Knidos og Herodot og mange andre. Derfor nærede jeg, da jeg så disse, for mit eget vedkommende gode forhåbninger med hensyn til fremtiden; for jeg vidste jo med mig selv, at jeg aldrig havde sagt et løgnagtigt ord.

32. Jeg vendte nu hurtigt tilbage til mit skib, for jeg kunne ikke udholde dette skue; og efter at have taget

venlig afsked med Nauplios lod jeg ham drage hjem.
Ikke længe herefter opdagede vi i nærheden Drømme-
nes ø; den var dog dunkel og utydelig at se, og det gik
med den selv omtrent på samme måde som med drøm-
mene; den veg nemlig tilbage, efter som vi nærmede os,

den flyede bort og kom bestandigt længere og længere
fra os. Langt om længe nåede vi den dog og sejlede ind i
den havn ved byen, som man kalder Søvnens havn, nær
ved Elfenbens-porten, dér, hvor Hanens tempel står, og
her gik vi fra borde sent hen på aftenen; derefter trådte

vi ind i byen, hvor vi så mange drømme af meget for-
skellig art. Først vil jeg imidlertid fortælle lidt om byen,
såsom ellers ingen anden har skrevet om den, og den
eneste skribent, der har omtalt den, Homer, ikke har
været rigtig nøjagtig i sin skildring.

33. Rundt omkring hele byen hæver der sig en skov;
træerne i den er høje valmuer og alruner[51], og på dem
er der en stor mængde flagermus; dette er nemlig den
eneste slags fugle, der findes på øen. Tæt hen forbi byen
strømmer en flod, som af dem kaldes Natvad, og ved
dens porte er der to kilder; også disse har navne, den
ene hedder Dybsøvn, den anden Natlang. Ringmuren
omkring byen er høj og har brogede farver, så den på
det nærmeste ligner regnbuen. Porte er der i den, ikke
to, som Homer har sagt[52], men fire; to af disse vender
ud til Sløvhedssletten, den ene er af jern, den anden af
pottemagerler; gennem dem, hed det sig, går de fryg-
telige, morderiske og grusomme drømme, når de rejser
udenlands; de to andre fører ud til havnen og havet,
den ene er af horn (det var den, vi var kommet ind
ad), den anden af elfenben. Når man går ind i byen,
har man på højre hånd Nattens tempel; hun er den
af alle guder, som de ærer mest, og tillige med hende
Hanen; for ham er der bygget et tempel nær ved hav-
nen. På venstre hånd har man Søvnens kongeslot; han
er nemlig hersker hos dem, og han har selv valgt sig to
satrapper og underkonger, nemlig Skræmmer, Dårions
søn, og Rigry, Fantasions søn. Midt på torvet er der en
kilde, som de kalder Døsvæld, og nær ved den står der

to templer, Blændværkets og Sandhedens; dér har de også deres lønhelligdom og orakel, som drømmetyderen Antifon[53] forestod som sandsagnspræst, en æresstilling, der var tildelt ham af kong Søvn.

34. Hvad nu selve drømmene angår, da er hverken deres natur eller deres skikkelse en og den samme. Nogle af dem var højvoksne, fyldige og af smukt udseende, andre derimod var små, visne og stygge; nogle var tilsyneladende gyldne, andre derimod simple og tarvelige; der var også iblandt dem nogle, som havde vinger og var forunderligt skabte, og der var andre, der var udstafferede, som om de skulle optræde i et festoptog, nogle udpyntede som konger, andre som guder, atter andre på andre lignende måder. Mange af dem genkendte vi også, da vi forlængst havde set dem under vort ophold her på vor Jord; disse kom da også hen til os og hilste venligt på os, som man kunne vente det af gode bekendte, og de tog os til sig og bragte os til hvile på lejer og beværtede os meget prægtigt og snildt; for både var de øvrige anstalter, de havde truffet til vor modtagelse, af storslået flothed, og de lovede tillige at gøre os til konger og satrapper. Nogle af dem førte os også bort til vort fædreland og viste os vore slægtninge og førte os så endnu på den selv samme dag tilbage til deres eget land.

35. Tredive dage og lige så mange nætter forblev vi hos dem, under søvn og i vellevned; derpå kom der pludselig et vældigt tordenskrald, så vi vågnede, og vi sprang da op og sejlede ud på dybet efter at have forsy-

net os med proviant. På den tredje dag efter vor afrejse derfra lagde vi til ved øen Ogygia og gik i land. Først åbnede jeg dog brevet og læste, hvad der stod skrevet deri; det lød, som følger[54].

»Odysseus ønsker Kalypso al glæde. Jeg vil lade dig vide, at lige så snart jeg var sejlet bort fra dig på flåden, jeg havde bygget, led jeg skibbrud og kom med nød og næppe ved Leukoteas hjælp velbeholden ind i faiakernes land. Af dem blev jeg så ført hjem til mit eget land, hvor jeg fandt mange bejlere til min hustru svælgende i vor ejendom. Alle dem dræbte jeg, men siden blev jeg selv fældet af Telegonos, min søn med Kirke, og nu er jeg på de Saliges Ø. Men jeg fortryder højlig, at jeg har forladt det liv, jeg nød hos dig, og opgivet den udødelighed, du lovede mig; og derfor agter jeg, hvis jeg kan finde lejlighed dertil, at løbe bort herfra og begive mig til dig.«

Dette var, hvad der stod i brevet, og tillige indeholdt det angående os en anmodning om, at vi måtte blive gæstfrit modtaget.

36. Efter at jeg nu var gået lidt op i landet fra havet, fandt jeg dér hulen, der var ganske således, som Homer har skildret den[55], og hende selv traf jeg syslende med sit arbejde med ulden. Da hun så havde fået brevet og læst det i stilhed, stod hun først lang tid og græd; men derpå indbød hun os til gæst hos sig og beværtede os prægtigt, og hun forhørte sig om Odysseus og om Penelope, hvordan hun var af udseende, og om hun var tugtig, således som Odysseus fordum pralende havde

sagt om hende; og vi gav hende sådanne svar på hendes
spørgsmål, som vi formodede hun ville blive glad ved at
høre. Derpå begav vi os tilbage til vort skib og sov om
natten nær ved det på strandbredden.

37. Tidligt den næste morgen sejlede vi ud på dybet

under en temmelig stærk blæst; og efter at vi var blevet omtumlet af stormen to dage igennem, stødte vi den tredje dag på græskarpiraterne; disse er vilde mennesker, som fra deres i nærheden liggende øer overfalder de forbisejlende som sørøvere. Fartøjerne, som de har, er store, lavet af græskar, 60 alen lange; de tørrer først græskarret, udhuler det så og tager indmaden ud, og derefter sejler de i det; til master bruger de rørstængler, og til sejl har de i stedet for lærred et græskarblad. Disse gjorde altså angreb på os med to skibsbesætninger og leverede os et slag, og de sårede mange af os med græskarkærner, som de beskød os med. Længe kæmpede vi til søs med dem, uden at det kom til nogen afgørelse; men omtrent ved middagstid fik vi bag ved græskarpiraterne øje på valnødfarerne, som kom sejlende hid. De to folk var hinandens fjender, som det snart viste sig; for da hine mærkede, at disse nærmede sig for at angribe dem, brød de sig ikke om os, men vendte sig mod *dem* og begyndte et søslag med dem.

38. Medens dette stod på, hejste vi vort sejl og flygtede bort og lod dem tilbage i kamp med hverandre. Det var klart, at valnødfarerne ville gå af med sejren; for dels var de flere i tal (de havde nemlig fem skibsbesætninger), dels var de skibe, hvorfra de førte kampen, stærkere; deres fartøjer var nemlig nøddeskaller, hvert især halvdelen af en valnød, hvis kærne var taget ud, og hver sådan halvdel var så stor, at den holdt 50 favne i længden. Så snart vi nu var kommet dem ud af sigte, forbandt vi vore sårede, og for eftertiden var vi bestan-

dig under våben, da vi stadig ventede os efterstræbelser fra en eller anden kant; og det ikke uden grund.

39. Så meget er vist, at Solen endnu ikke var gået ned, før der fra en øde ø kom hen ved tyve mand dragende ud imod os; også disse var sørøvere; de red på store delfiner, og delfinerne bar dem sikkert og sprang i vejret og vrinskede ligesom heste. Da de var kommet os nær, delte de sig i to rækker, så at vi fik nogle på den ene side, andre på den anden, og så bombarderede de os med tørrede blæksprutter og med krebseøjne. Men da også vi på vor side beskød dem med pile og kastespyd, holdt de ikke længere stand, men flygtede tilbage til deres ø, de fleste af dem såret.

40. Omtrent ved midnat, mens der herskede vindstille, stødte vi uforvarende på en meget stor isfuglerede; den var nemlig 60 stadier i omkreds. Isfuglen[56] sejlede på den, rugende på sine æg; den var ikke meget mindre end reden, og idet den nu fløj op, havde den nær sænket vort skib ved den blæst, dens vingeslag fremkaldte; men bort flygtede den imidlertid, idet den udstødte sit klagende skrig. Da det omsider gryede ad dag, gik vi over på reden og betragtede den; den lignede en stor tømmerflåde, dannet af sammenslæbte vældige træer; der fandtes også 500 æg i den, og hvert enkelt af dem overgik i størrelse et vinfad af dem, man bruger på Chios; det var også tydeligt nok, at der allerede var unger inde i dem, og de pippede. Med økser huggede vi da ét af æggene i stykker og trak en fjerløs unge ud; den var sværere af krop end tyve gribbe tilsammen.

41. Efter at vi nu på vor sejlads var kommet så meget som 200 stadier bort fra reden, mødte der os svare og vidunderlige skrækindjagende varselstegn: det udskårne billede af en gås, der var anbragt i bagstavnen af vort skib[57], gav sig pludselig til at baske med vingerne

og skrige op, og vor styrmand Skintharos, som allerede var skaldet, fik nyt hovedhår, og, hvad der var det allermest overraskende, skibets mast begyndte at spire og skød grene ud og fik frugter på sig øverst på toppen; frugterne var figen og sorte druer, som endnu ikke var modne. Ved at se dette blev vi, som man let kan tænke sig, højst bestyrtede, og vi bad til guderne, at de nådig ville afvende de ulykker fra os, som dette mod naturens orden stridende jærtegn truede med.

42. Vi havde endnu ikke gennemløbet en strækning på 500 stadier, før vi fik øje på en overmåde stor og tæt skov af fyrretræer og cypresser. Vi formodede da, at det var et fastland; men i virkeligheden var det et bundløst havdyb, beplantet med rodløse træer, som desuagtet stod ubevægelige, hævende sig rankt i vejret, ret som om de svømmede på havfladen[58]. Så nærmede vi os til dem og gjorde os bekendt med hele forholdet, men nu var vi i stor rådvildhed om, hvad vi skulle gøre; for på den ene side var det umuligt at sejle gennem træerne, da de stod tæt sammen og var filtrede ind i hverandre, og på den anden side syntes det ikke let at vende om. Jeg klatrede da op i det højeste træ og spejdede efter, hvorledes sagerne så ud på den anden side; dér så jeg, at skoven udstrakte sig over et fladerum af 50 stadier eller lidt mere, og så afløstes den på ny af et andet ocean. Derfor besluttede vi os da til at sætte skibet op på toppen af træerne, som dannede en tæt sammenhængende flade, og, om muligt, trække det hen derover, indtil vi nåede det andet hav. Og således bar vi os også ad; vi fastgjorde

det nemlig til svære tove, og derpå steg vi op på træerne og hejste det med stort besvær derop, og efter at vi så havde sat det på grenene og udspændt sejlene, sejlede vi af sted ligesom på et hav, idet vinden drev os fremad og slæbte os hen over fladen. Ved den lejlighed kom jeg til at tænke på et bekendt vers af digteren Antimachos; også han siger nemlig et steds således:

> »medens de nu gennem *skovenes hav fuldbyrdede*
> *togtet* — —.«[59]

43. Da vi altså trods alle besværligheder havde banet os vej gennem skoven, kom vi til vandet; og efter at vi på lignende vis som før på ny havde sat skibet ned i dette, sejlede vi videre gennem rent og klart vand, indtil vi standsede ved et stort svælg, der var opstået ved, at vandet havde spaltet sig, ganske som vi tit på vor Jord ser spalter i den, som er frembragt af jordskælv. Vort skib havde på et hængende hår været ved at styrte ned deri, men vi fik dog sejlene bjærget, så det standsede, skønt det gik langsomt dermed. Nu bøjede vi os ud over svælget og så da, at det havde en dybde af omtrent 1000 stadier; overmåde skrækindjagende var det og vakte vor forbavselse i højeste grad; vandet stod nemlig, ret som om det var kløvet i to dele. Imidlertid fik vi, da vi så os omkring, henne til højre for os, ikke ret langt borte, øje på en bro, der var slået hen over det; den var dannet af vand, som forbandt de to have på overfladen, idet det strømmede fra det ene hav over i det andet; derhen roede vi da og slap ved hjælp af vore årer over på hint

sted og kom under stor dødsangst over kløften, hvad vi aldrig havde ventet.

44. Derefter kom vi ind i et mildt, roligt hav, hvori der lå en ikke ret stor, let tilgængelig ø, som var beboet; men dens beboere var vilde mennesker med oksehoveder, og de havde horn, så de omtrent så ud som Minotauros i kunstnernes fremstillinger hos os. Dér gik vi fra borde og videre op i landet for at forsyne os med vand og skaffe os proviant, om vi kunne få det noget steds fra; for vi havde ikke mere noget. Vand fandt vi da også dér på stedet i nærheden, men ellers var der intet som helst at se; kun hørtes der en stærk brølen ikke langt borte. Vi bildte os da ind, at der var en hjord okser; derfor rykkede vi lidt efter lidt videre fremad, og så traf vi på folkene. Da disse nu havde fået øje på os, gav de sig til at forfølge os, og tre af vore kammerater fangede de, men vi andre flyede ned til havet. Derefter væbnede vi os imidlertid allesammen, for vi fandt det ikke tilbørligt at lade vore venner forblive uhævnede, og vi faldt så over oksehovedfolkene, som allerede havde dræbt dem og var i færd med at dele deres kød mellem sig. Vi opløftede et kampskrig, forjog og forfulgte dem alle, dræbte henved 50 og fangede to af dem levende, hvorefter vi på ny vendte om og trak os tilbage, idet vi førte krigsfangerne med os; men proviant fandt vi intet af. Mine kammerater ville nu have, at vi skulle slagte fangerne, men jeg billigede ikke dette; tværtimod lod jeg dem binde og holdt dem under bevogtning, indtil der kom sendemænd fra oksehovedfolkene, som bad

om at få fangerne udleveret mod løsepenge; det forstod vi nemlig, at de ønskede, ved at se på deres tegn med hovederne og høre dem udstøde et klagende brøl, hvormed de ligesom bønfaldt os. Løsepengene var en mængde oste og tørrede fisk og løg samt tre hjorte, som hver især havde tre ben, nemlig to bagben, mens forbenene var vokset sammen til ét. Mod at få disse ting tilbagegav vi dem fangerne, og efter at vi så havde dvælet der én dag, sejlede vi ud på dybet.

45. Nu så vi allerede fisk, og der fløj fugle forbi os, og alle andre tegn lod sig til syne, hvoraf man kunne slutte, at der var land i nærheden. Kort efter fik vi også øje på nogle mænd, der brugte en ganske ny og overraskende måde at sejle på, idet de på én gang både var søfolk og skibe. Jeg skal forklare forholdet med deres sejlads; de lagde sig på byggen i vandet, lod deres avlelem, som er meget stort, stå lige op i vejret, spændte sejldug ud fra det, fastholdt skøderne med hænderne, og idet så vinden faldt ind på sejlet, sejlede de. Efter disse traf vi på nogle andre, som sad på korkpropper, for hvilke de havde spændt to delfiner, som de piskede på og styrede som kuske; delfinerne svømmede så forud og slæbte korkpropperne efter sig. Disse folk gjorde os hverken noget ondt eller flygtede for os; tværtimod kørte de dér uden frygt og ganske fredeligt, mens de med beundring iagttog vort fartøjs udseende og betragtede det nøje fra alle sider.

46. Det var allerede blevet aften, da vi landede ved en ikke ret stor ø; denne var beboet af kvinder, som,

efter hvad vi antog, kunne tale hellenisk sprog; de kom
nemlig hen til os, rakte os hånden og bød os venligt
velkommen. Udpyntede var de ganske på hetærers vis,
alle sammen smukke og unge; de bar fodside kitoner,
som slæbte efter dem. Øen hed Kabalusa, byen på den

Hydramardia[60]. Nå, disse kvinder tog os altså fat, hver af dem førte sin mand hjem til sig og gjorde ham til sin gæst. Jeg holdt mig imidlertid lidt på afstand fra min værtinde, for jeg anede intet godt, og ved at se mig nøjere omkring opdagede jeg, at der ved hendes hus lå knogler og hovedskaller af mange mennesker. At gøre anskrig og sammenkalde mine kammerater og ile til våben fandt jeg imidlertid ikke rigtigt; men jeg tog min katostplante frem og bad indstændig til den, at jeg dog måtte slippe vel ud af de overhængende ulykker. Kort efter, da min værtinde opvartede mig, opdagede jeg, at hendes ben ikke var som en kvindes, men havde æselhove; da drog jeg straks mit sværd, tog hende til fange, bandt hende og udspurgte hende om hele sammenhængen. Hun ville ikke ud med sproget, men tilstod dog omsider, at de selv var havkvinder, som kaldtes æselsbeninder[61], og de nærede sig af de fremmede, som på rejser kom til deres land; »når vi nemlig«, sagde hun, »har drukket dem fulde, går vi i seng med dem, og mens de så ligger og sover, falder vi over dem.« Da jeg havde hørt dette, lod jeg hende blive tilbage dér i stuen, lænkebundet som hun var, men selv steg jeg op på husets tag, råbte højt op og sammenkaldte mine kammerater. Og så snart de var kommet sammen, fortalte jeg dem det alt sammen, viste dem menneskeknoglerne og førte dem derpå ind i huset til min bundne fange. Hun forvandlede sig imidlertid øjeblikkelig til vand og var forsvundet; dog stak jeg for et forsøgs skyld mit sværd ned i vandet, og det blev da til blod.

47. Så ilede vi i hast ned til vort skib og sejlede bort; og da dagskæret var ved at bryde frem, fik vi øje på et fastland, som vi formodede var det, der ligger på den modsatte side af det, vi mennesker bebor. Nok er det; vi kastede os på knæ og forrettede vor bøn, og så anstillede vi overvejelser om, hvad vi fremtidig skulle gøre eller lade. Nogle af os mente, at vi blot skulle gå i land dér og derpå straks igen vende tilbage; andre holdt derimod på, at vi skulle lade vort skib blive liggende dér ved kysten, derefter gå op i indlandet og prøve at få at vide, hvordan det forholdt sig med beboerne. Medens vi nu drøftede disse spørgsmål, blev vi overfaldet af en voldsom storm, som drev vort fartøj ind på kysten og slog det i stykker. Med nød og næppe reddede vi os ind til land ved svømning, efter at vi hver især havde grebet vore våben og hvad andet vi var i stand til at få fat på.

Dette var altså det, der indtil vor ankomst til det hinsides fastland hændtes mig dels på havet, dels under sejladsen på øerne og i luften og derefter i hvalfisken og siden, efter at vi var sluppet ud af den, hos heroerne og drømmene og til sidst hos oksehovedfolkene og æselsbeninderne. Men om begivenhederne i det andet fastland skal jeg fortælle i de efterfølgende bøger.[62]

ANMÆRKNINGER

1 Ktesias var en hellener fra Knidos (på Lilleasiens sydvestkyst), der ca. 415 f. Kr. var kommet som krigsfange til perserkongen og tjente ham som livlæge, indtil han 398 vendte hjem; han skrev da et omfangsrigt værk om perserriget og dets historie, hvoraf et kort udtog er bevaret, og et andet om Indien, om hvis indhold man også har nogle spredte notitser. Han havde tit angrebet sin store forgænger Herodot som løgneskribent, men blev selv, skønt han udtrykkelig havde bevidnet sin egen sandfærdighed, af eftertiden anset for meget lidet troværdig. For resten betvivledes Herodots troværdighed også af mange andre hellenere; selv Lukian hører med til dem. Efter Alexander den Stores tog til Asien fremkom der mange skrifter om dette, af hvilke de fleste var ilde berygtet for deres fabelagtige løgnehistorier; og til dem sluttede sig i den alexandrinske tid forskellige rejsebeskrivelser (fx Pytheas' om hans rejse til Thule), der nød samme dårlige ry, meget ofte med god grund. Til disse hørte vistnok også det her omtalte skrift af en vis Iambûlos, om hvis person man ellers intet véd; en kort oversigt over dets indhold findes hos Diodor fra Sikelien (II, kap. 55—60). Han havde fortalt, at han på en handelsrejse til Arabien var blevet fanget dér af røvere, og siden var han, tillige med en kammerat, af nogle andre røvere blevet ført derfra til aithioperne; disse havde sendt dem bort som renselsesoffer for deres folk efter en hos dem gældende skik og budt dem at sejle ud i et lille fartøj hen over Oceanet mod syd, hvor de omsider ville komme til en lyksalig ø med retskafne beboere og hos dem finde et herligt liv. Efter fire måneders sejlads havde de også fundet øen og var blevet vel modtaget; dér havde de så levet syv år, men da deres væsen til sidst vakte anstød hos øens beboere, var de til deres sorg blevet forvist derfra. De sejlede da bort og nåede omsider til Indien, hvor den ene af dem omkom, da de led skibbrud; men Iambulos var blevet ført op til den med hellenisk dannelse udrustede inderkonge i byen Palimbothra, og denne havde modtaget ham godt og siden

sendt ham hjem til Hellas. Efter sin hjemkomst havde han så skrevet en bog, hvori han skildrede sit ophold på hin lyksalighedens ø og fortalte om folkenes vidunderlige udseende, levevis og skikke. Lukian har sikkert hentet enkelte træk i sit eget værk derfra; andre minder om Ktesias; for øvrigt er det meste af denne litteratur forsvundet, så at vi ikke véd, hvilke skrifter Lukian hentyder til.

2 Der sigtes til fortællingerne i Odysseens 9—12. bog.

3 Skylla, Odysseen 12, 85 ff.

4 Disse »søjler« eller »støtter« (egl. »steler«, dvs. stentavler), om hvilke man for øvrigt kun har haft ganske tågede og usikre forestillinger, skulle Herakles have rejst, da han på sit tog til øen Erytheia for at hente kæmpen Geryoneus' okser kom til verdens yderste grænser mod vest og betegnede dem ved disse mærker. Så længe hellenerne endnu ikke nåede uden for Middelhavet, tænkte man sig dem stående ved det smalle stræde, hvor Afrikas og Europas yderste spidser nærmer sig tæt til hinanden; også senere bevaredes i reglen denne forestilling, skønt nogle da tænkte sig dem stående på fjernere steder.

5 1 stadie = 185 meter.

6 Det var de to helleniske guder og heroer, der var kommet videst omkring i verden; dem søgte da også Alexander den Store at efterligne og, om muligt, overgå.

7 Nymfen Dafne elskedes af Apollon, men flygtede for ham; han var dog lige ved at gribe hende, da hun af sin fader, flodguden Peneios, forvandledes til et laurbærtræ.

8 Endymion var månegudinden Selenes elskede.

9 Faëthon, Solgudens søn.

10 Peltaster var en art fodfolk, hvis væbning var en mellemting mellem de sværtbevæbnedes (hoplitternes) og de letbevæbnedes.

11 Kyklader kaldes de mange helleniske småøer i Aigaierhavet.

12 Sigter til stedet i Iliaden 16, 458 ff.

13 Det var en 50 (eller 70) alen høj ertsbilledstøtte af Solguden,
et værk af Chares fra Lindos på Rhodos, rejst 290 f. Kr. ved
indløbet til Rhodos' havn. År 224 styrtede hele overdelen fra
knæene af ned ved et jordskælv; et orakelsvar forbød rhodi-
erne at genoprejse den, og de vældige brudstykker lå dér på
stedet til 672 efter Kr.

14 Skytten er det niende stjernebillede i Dyrekredsen; i vore al-
manakker afbildes det endnu som en kentaur.

15 Pleiaderne er Syvstjernen, Hyaderne en gruppe småstjerner i
stjernebilledet Tyren.

16 Det er den berømte by (Nefelokokkygia), som Aristofanes la-
der fuglene bygge i sin komedie »Fuglene«, for at de således
kan vinde verdensherredømmet.

17 Nemlig ved Dionysosfesterne, således som fx i skildringen i
Aristofanes' »Acharneerne«; i procession bæres dér en lang
stang, formet som det mandlige avlelem, som frugtbarheds-
symbol.

18 Momos er den personificerede dadlelyst, dadelens gud, som
altid finder noget at udsætte på alt. Der sigtes her til en fabel
af Aisopos, som vi i Babrios' fabelsamling (59) finder fortalt
således (der gives for resten andre varianter): »Zeus, Po-
seidon og Athena stredes om, hvem der kunne lave det bedste
kunstværk, og valgte Momos til voldgiftsdommer. Zeus dan-
nede da et menneske, Poseidon en tyr, Athena et hus. Momos
dadlede Zeus for, at han ikke havde anbragt vinduesåbninger
på menneskets bryst, så at man derigennem kunne se hans
hjertes tanker; Poseidon, sagde han, skulle have sat tyrens
horn neden under dens øjne, for at den kunne se, hvor den
skulle stange; og Athena burde have lagt hjul under sit hus,
for at man let kunne flytte med det, når man havde en slem
nabo.«

19   Galateia nævnes her, fordi hendes navn kan sættes i forbindel-
     se med ordet gala, der betyder mælk; ligeledes nævnes straks
     efter Tyro, hvis navn minder om tyros, ost. Hun var den eliske
     konge Salmoneus' datter og Poseidons elskerinde, se Odysse-
     en 11, 235 f.

20   Der sigtes til stedet hos Herodot III, kap. 113, hvor han efter
     en forudgående skildring af Arabiens herligheder siger: »Der
     står en vidunderlig dejlig duft ud fra Arabiens land«.

21   Hyrder ophængte undertiden i hellige grotter eller på andre
     steder rørfløjter, panfløjter og lignende ting som votivgaver til
     guder; af disse fløjter fremlokkede vindenes pust toner.

22   Hesiod er den første, der omtaler »de Saliges Øer« i sit digt
     »Værker og dage«, vers 166 ff.; om »heroernes guddomme-
     lige slægt«, deriblandt heltene fra troianerkrigen, siger han:

     Dem gav alfader Zeus, kroniden, ophold og bolig
     adskilt fra menneskens børn ved Jordens yderste grænse,
     fjernt fra gudernes slægt, og Kronos er konge iblandt dem.
     Dér da bygger og lever heroernes salige skare
     hist på de Saliges Øer, ved Okeanos' hvirvlende vande,
     fri for kummer i sindet; og tre gange modnet om året
     bærer den sædfrembringende jord dem sin liflige grøde.
     En anden skildring findes i Pindars anden olympiske ode:
     De gode modtager et liv uden møje;
     evigt solskin har de, så ved nat som ved dag;
     ikke skal med håndens kraft de jorden pløje,
     ej piske havets vand med årers slag
     under fattigdoms livskår. Nej, men de, som ved tro
     deres eder at holde sig glæded, de skal bo
     hos de guder, som de æred, uden tårer alle dage;
     men de andre aldrig forudset trængsel vist skal plage.
     Ja, alle, som mægted fuldkomment at holde
     sjælen fri for uret, mens de tre gange her
     dvæled og hos Hades, Zeus' vej de bolde
     fuldbyrdet har til Kronos-borgen. Dér

fra Okeanos vindpust om de Saliges Ø
ånder mildt; og i guldglans, dels nærede af sø,
dels på land fra skønne træer, fagre blomsterkroner gløde;
deraf fletter de om arme og hoved kranse bløde.
Så med retvist råd besluttet Rhadamanthys det har,
han, som Zeus' fader har sig til bisidder rede,
Rheas husbond, hun, hvis tronstol over alle andre
højest står. Både Peleus og Kadmos blandt dem vandre,
og Achilleus, hvis moder, da hun Zeus ved at bede
havde rørt i hans hjerte, sin søn didhen bar.

Med forestillingen om de Saliges Øer har Lukian her forbundet og sammenblandet den lignende om Elysion, som vi finder hos Homer i Odysseen 4, 561 ff., hvor der siges til Menelaos:

Guderne selv skal føre dig ud til grænsen af Jorden,
til den Elysiske Mark, hvor den guldhårs drot Rhadamanthys
bor, og hvor menneskers liv henrinder så let og så saligt;
dér er ej fygende sne eller bidende frost eller regnskyl,
nej, men fra dag til dag en frisk, mildtviftende vestvind
lader Okeanos lufte til køling for menneskens sønner.

Idet Lukian henlægger Elysions Slette til de Saliges Ø, gør han også Rhadamanthys til hersker dér i stedet for Kronos.

23   Efter Achilleus' fald stredes Aias og Odysseus om, hvem af dem der skulle arve hans guddommelige våben; dommerne tilkendte Odysseus dem, og Aias' harme derover drev ham til vanvid. I sin rasen dræbte han en flok får i den tro, at det var Odysseus og hans folk; da han fik sin bevidsthed tilbage, skammede han sig så stærkt derover, at han dræbte sig selv.

24   Helleboros, nyserod, anvendte oldtidens læger som middel til at standse vanvid. Hippokrates fra øen Kos (o. 450 f. Kr.) var oldtidens berømteste læge.

25   Theseus havde røvet Helene, mens hun var ganske ung; derfor kræver han hende her. Amazonen er Antiope eller Hippoly-

te, med hvem han avlede sønnen Hippolytos. Minos' døtre er Ariadne, som hjalp ham med at dræbe uhyret Minotauros i labyrinten på Kreta, og som han derefter bortførte, men forlod på Naxos på hjemvejen til Athen; dernæst Faidra, som han siden ægtede.

26 Aristeides støtter naturligvis sine landsmænd.

27 Ligesom i »det hellige Theben«.

28 Denne alen er godt ½ meter, noget større end den helleniske, som ikke er fuldt ½ meter; en hellenisk favn = 4 helleniske alen, lidt under 2 meter.

29 Eunomos var en herømt kitarspiller fra Lokroi i Italien; der fortaltes om ham, at han i en væddestrid engang var lige ved at blive overvundet af sin medbejler Ariston fra Rhegion, idet en streng på hans kitar brast, men så kom en cikade flyvende hid, satte sig på hans kitar og udfyldte ved sin sang den manglende tone, så at han alligevel sejrede; en billedstøtte af ham med cikaden på hans kitar stod opstillet i Lokroi. Arion fra Lesbos (han, som delfinen' reddede fra at drukne) og Anakreon, den berømteste ioniske sanger, er bekendt. Stesichoros, som levede i Himera på Sikelien, havde et stort navn som digter og sanger; han regnedes for skaberen af den helleniske korlyrik, der i lyrisk digtningsform behandlede de fra Homer og andre epikere bekendte myter. Der sigtes her til det sagn om ham, at han i et digt (om Ilions undergang) havde hånet Helene og til straf derfor var blevet blind; men så tilbagekaldte han sine beskyldninger mod hende i et nyt digt, en palinodia, og fik derefter sit syn igen (fortalt i Platons »Phaidros«).

30 Denne Aias, Oileus' søn, havde først forsyndet sig groft mod Athena, da han ved Troias indtagelse voldeligt havde bortført Priamos' datter Kassandra fra hendes helligdom, og senere på hjemrejsen havde han krænket Poseidon, der dog havde villet redde ham fra skibbrud, men nu i sin harme voldte hans undergang (Odysseen 4, 499 ff.).

31   Kyros den Ældre var perserrigets berømte stifter; Kyros den Yngre var den hos hellenerne højt ansete persiske kongesøn, om hvis tog op i Asien for at styrte broderen kong Artaxerxes Xenofons bekendte skrift »Anabasis« handler. — Anacharsis, hedder det, var en skythisk kongesøn, men havde en hellenisk moder; af videlyst forlod han sit hjem og drog til Hellas, hvor han særlig kom i forbindelse med athenaieren Solon, som satte stor pris på ham for hans retskafne tænkemåde, sædelige liv og skarpe forstand; nogle regnede ham endog med til de 7 vise. Efter sin hjemkomst ville han indføre helleniske skikke blandt skytherne, hvorfor skytherkongen dræbte ham. Der fortælles flere historier om vittige og tankerige udsagn af ham, således fx følgende i Plutarks »Solon« kap. 50. Han spottede over Solons lovgivning, idet han sagde, at det forholdt sig med lovene som med edderkoppens fangenet: kun de små og svage dyr, der fanges i dem, holder de fast, men de store og mægtige bryder igennem dem. Og da han engang havde overværet en folkeforsamling i Athen, sagde han, at det var et underligt forhold hos hellenerne, at hos dem taler de vise, men de uvidende dømmer. — Zamolxis var en geter eller thraker, som havde været træl hos Pythagoras på Samos og hos ham og senere i Ægypten tilegnet sig stor visdom; i kraft deraf vandt han efter sin hjemkomst megen indflydelse hos sine landsmænd, som valgte ham til præst for deres højeste gud, ja betragtede ham selv som en gud, hvis råd og bud kongen og folket stadig fulgte og adlød. — Numa er den berømte konge hos romerne. Skaberen af roms religiøse Institutioner.

32   Lykurgos er Spartas store lovgiver. Fokion var en dygtig feltherre i Athen på Demosthenes' tid, særlig berømt også for sin retskaffenhed, sin fattigdom og strenge simpelhed i levemåde; 317 f. Kr. blev han henrettet, fordi han som leder af det makedoniske parti i Athen var forhadt af det demokratiske patriotparti, som da for en tid var kommet til magten. Tellos nævnede Solon i sin berømte samtale med Kroisos som et eksempel på »en lykkelig mand«: han havde levet under gode

forhold i staten, set sin slægt blomstre, var til sidst faldet med
ære i en sejrrig kamp for sit fædreland og blevet hædret med
offentlig begravelse (Herodot I, 30 ff.). — Periandros, den be-
rømte hersker i Korinth, ville nogle ikke indrømme den ham
ellers sædvanlig tildelte plads blandt »de 7 vise«, fordi han
havde været tyran, og der tilmed fortaltes adskilligt slemt om
hans herredømme.

33 Der sigtes til Sokrates' ytringer i slutningen af Platons Apolo-
gi, hvor Sokrates taler om, hvem han venter at møde i Hades'
rige og komme til at tale med. Hos Platon, især i Alkibiades'
tale i »Symposion«, tales der tit om Sokrates' lyst til at drage
smukke og højtbegavede ynglinge til sig og samtale med dem;
som bekendt udlagdes dette ondvilligt af hans fjender. Her på
de Saliges Ø hos Lukian samles da også de berømteste smuk-
ke ynglinge, som mytologien nævner, om ham; Apollons ynd-
ling Hyakinthos, Echos Narkissos, Herakles' Hylas.

34 Der sigtes til det smukke, men utopiske idealbillede af en stat,
som Platon har udkastet i sit berømte værk »Staten«. Til
denne stats institutioner hørte også det nedenfor (på satirisk
forvrænget måde) omtalte »kvindefællesskab«.

35 Aristippos fra Kyrene, en discipel af Sokrates, stiftede ky-
renaikernes filosofskole, hvis livsmål var hedoné, et behage-
ligt og fornøjeligt liv; Aristippos selv omtales stadig som den
fine, belevne verdensmand, der kunne finde sig til rette under
alle mulige forhold og derfor var vel set overalt. Epikurs fi-
losofskole opstillede det samme livsmål, dog opfattet på en
noget anden måde; han ville ingenlunde, som forvrængerne
af hans lære hævdede, opfordre til en svælgen i alskens nydel-
ser, men menneskenes stræben skulle gå ud på et roligt og til-
freds liv, frit for alle lidenskaber og indbildninger, som kunne
forstyrre sjælens fred og ligevægt, og dette kunne nås selv ved
den største nøjsomhed. Lukianos selv havde meget til overs
for hans lære; derimod kunne han ikke lide stoikerne, Epikurs
modstandere, med deres evindelige prækener om »dyden«,

hvori de hyppigt beråbte sig på nogle berømte vers af Hesiod, som der her i det følgende hentydes til:

Lasten i sandhed man let kan fange, om også man flokvis søger at nå den; thi jævn er vejen, og nær er dens bolig. Dyden vinder man først gennem sved; så himmelens guder har det bestemt; thi lang og stejl er stien til målet.

Disse vers førte også kynikernes skole stadig i munden; dem kan Lukian heller ikke forsone sig med, i hvert fald således som de havde udviklet sig på hans egen tid, da de tit var rå og grove tølpere; derimod har han respekt for de gamle kynikere som Diogenes fra Snope (på Alexander den Stores tid), skønt han nok kan drive løjer også med ham for hans særheder, således som han her lader Diogenes, der afskyede og frarådede ægteskab, blive gift med den navnkundige korinthiske hetære Laïs, der bl. a. også havde været Aristippos' elskerinde.

36 Aisopos (c. 550 f. Kr.) var den berømte opfinder af dyrefablen; man tænkte sig ham som puklet og vanskabt, men udrustet med bidende vid, så han egnede sig vel til at spille narrens rolle.

37 Chrysippos var stoikernes berømteste mand, som havde sat hele den stoiske lære i system og begrundet den med sin skarpsindige, men også yderst spidsfindige dialektik. Der sigtes her til en hos Lukian oftere citeret ytring af ham: »Ingen kan blive vis, før han tre gange i træk har drukket helleboros«; Lukian gør fordringen endnu strengere for hans eget vedkommende, som om han var endnu galere end alle andre.

38 Der tænkes her ikke på de gamle, fra Platon stammende akademikere, men på filosofferne af »det mellemste« og »det nye akademi«, som erklærede, at en sikker erkendelse aldrig kunne nås, og at man aldrig kunne udtale nogen bestemt sandom over noget, men skulle holde sin afgørelse tilbage; derfor er det dem naturligvis også umuligt med bestemthed at skride til nogen handling.

39 Lukian afgør her på en spøgende eller spottende måde en række af »de homeriske spørgsmål«, som stadig var genstand for strid mellem de alexandrinske og andre grammatikere (dvs. filologer), hvis fornemste mænd, Zenodot og Aristarch, han siden nævner; det er klart, at han selv ikke har haft nogen sympati og interesse for disse undersøgelser, som for resten også spottedes af mange andre i oldtiden som tåbelige og unyttige. »Syv stæder,« hedder det i et græsk vers, »strides om at være Homers fødeby«; men i de forskellige former, hvori verset citeres, nævnes endda mange flere end syv, og hertil kommer så andre hypoteser fremsat både af oldtidens og af moderne filologer, af samme værd som Lukians her.

40 På dette sted får vi en forklaring hos Seneca (Epist. 88, 40): Han fortæller, at en alexandrinsk grammatiker Apion, der nød stor anseelse på Caligulas tid, havde fundet på den historie, at Homer, da han havde forfattet sine to store digte, havde føjet nogle indledningsvers til Iliaden og ladet det første vers begynde med ordet menin »vreden« i en bestemt hensigt; bogstaverne me betyder nemlig som taltegn 48, og Homer havde derved villet betegne, at begge digtenes samtlige 48 bøger var hans værk! »Talia sciat oportet, qui multa vult scire«, siger seneca.

41 Der menes versene i Iliaden 2, 212 ff.

42 Om den store vismand Pythagoras fra Samos (o. 580—10 f. Kr.) var en stadig voksende vrimmel af fabelhistorier i omløb, især i kejsertiden, da ny-pythagoræerne havde genoptaget hans lære; en sådan fabel fortalte, at hans ene lår var af guld; Lukian forbedrer den lidt her. Lukian holder sig, hvor han taler om ham, væsentlig til hans sære askese (han forbød fx, at man måtte spise bønner) og hans lære om sjælevandringen; Pythagoras påstod selv, at hans sjæl oprindelig havde boet i Apollon og senere var kommet ind i troianeren Euforbos, som Menelaos dræbte (Iliaden 16, 806 — 17, 60).

43 Empedokles fra Akragas (Girgenti på Sicilien), i 5. årh. f. Kr.,

var meget berømt som statsmand og filosof, også som ingeniør, læge og mirakelmager; hans stræben efter at omgive sin person med et mystisk skær nåede sit højdepunkt deri, at han til sidst sprang ned i Ætnas krater, for at det skulle synes, at han havde forladt livet på en overnaturlig måde; men bjerget, siges der, røbede ham ved at udspy hans sko. Det er vel for hans vindmageris skyld, at man ikke vil modtage ham på de Saliges Ø.

44   Om denne Karos vides vistnok ellers intet; men da udtrykket »Herakles' ætling« eller »efterfølger« i Olympia brugtes om dem, der sejrede i samme kampart (brydning og pankration), hvori Herakles havde været den første sejrherre, og Pausanias omtaler en eleier Kapros, som på én dag sejrede i begge disse kamparter, har man formodet, at Karos skulle rettes til Kapros. Aldeles ubekendt ellers er nævekæmperen Areios; derimod er Epeios han, som sejrer i sin nævekamp med Euryalos i Iliaden 23, 664 ff. Pankration kaldtes en forbindelse af næve- og brydekamp.

45   Ordene indeholder sikkert en spottende hentydning til det endnu bevarede lille skrift: Væddekampen mellem Hesiod og Homer, som synes forfattet på kejser Hadrians tid og altså lå Lukian meget nær; i det vinder netop Hesiod sejr.

46   Falaris var den for sin grusomhed mest berygtede af alle Sikeliens tyranner; det var ham, der indesluttede dem, han ville straffe, i en glødende malmtyr. Busiris var en konge i Ægypten, som ofrede alle fremmede, der kom til ham, til Zeus; Diomedes, konge i Thrakien, lod sine ildspyende heste fortære de fremmede, han fik fat på; begge disse uhyrer blev dræbt af Herakles. Skeiron og Pityokamptes (»fyrretræsbøjeren«, hvis egentlige navn var Sinis) hørte til de grusomme voldsmænd og røvere, som Theseus fældede på sin rejse fra Troizen til Athen.

47   Der sigtes til Alkibiades' skildring af Sokrates i slaget ved Delion 424.

48 Dette minder om stedet i Odysseen 10, 302 ff., hvor Hermes
    giver Odysseus planten moly, som skal sikre ham mod Kirkes
    trolddomskunster. For resten sigter Lukian vist også til det
    udsagn af Pythagoras, at »katostplantens blad er den største
    helligdom«; også de forskrifter, Rhadamanthys i det følgen-
    de giver, har pythagoræisk farve, særlig den første, hvormed
    Pythagoras advarede imod at ægge magthaveres vrede ved
    trods.

49 Nauplios, søn af Poseidon og en datter af Danäos i Argos,
    grundlægger af Nauplia, berømt som søfarer.

50 Timon, den bekendte menneskehader, som Lukian har skil-
    dret i en af sine bedste dialoger.

51 Begge disse planter er søvndyssende.

52 Der sigtes til stedet i Odysseen 19, 559 ff.:

Drømmene, svage som skygger, har to forskellige porte:
bygget af horn er den ene, den anden af skinnende filsben.
De iblandt dem, der kommer igennem porten af filsben,
skuffelser bringer, og ord de forkynder, som aldrig opfyldes;
De derimod, som går ud igennem den glattede hornport,
fuldbyrder sandhed for hvert et menneskebarn, som har set
dem.

Hvad Lukian vil antyde ved de to andre porte, han nævner, er
mig ikke rigtig klart; Jernporten kan jo nok passe til de blo-
dige, grusomme drømme, der rejser ud gennem den for at be-
søge menneskeverdenen; men Lerporten? Der er overleveret
en gammel forklaring (scholion) til stedet, men i overmåde
forvansket form, så at meningen er vanskelig at finde; dog sy-
nes scholiasten at ville forklare nævnelsen af den skrøbelige
»lerport« ved at henvise til, at onde drømmesyner lettest
opløser sig og svinder bort, fordi menneskene, så snart de våg-
ner, skyder dem fra sig, mens de gerne vil fastholde de gode
drømme, der lover dem rigdom og ære. Scholiasten har også
villet give en forklaring på, hvorfor disse to porte siges at ven-

de ud til »dorskhedens« eller »sløvhedens slette«, men den er i den overleverede tekst ganske uforståelig; måske menes der, at det særligt er dovne og dorske mennesker, hos hvem disse til forbrydelser hidsende drømme kan øve deres fordærvelige virkning.

53 Der omtales enkelte steder en (vistnok på peloponnesierkrigens tid levende) jærtegnskuer og drømmetyder Antifon, som også var sofist og havde skrevet forskellige skrifter, bl. a. et med titlen »Sandhedens taler«; det må vel være ham. Lukian mener, men man véd ellers intet nærmere om ham.

54 Brevets begyndelse svarer til fortællingen i Odysseen (5, 282 ff., endvidere XIV og følgende bøger). Hvad der siden fortælles, er hentet fra det tabte kykliske digt Telegonien; Telegonos var draget bort fra Kirkes ø for at opsøge sin fader; han landede på Ithake med sine folk, men kom dér straks i kamp med Odysseus og ithakesierne, som anså dem for sørøvere, og i kampen kom Telegonos uforvarende til at dræbe sin fader; da han havde opdaget sin fejl, førte han Odysseus' lig samt Penelope og Telemachos hjem med sig til Kirke, som gjorde dem alle udødelige.

55 I Odysseen 5, 57 ff.

56 Om isfuglen (alkyon) fortaltes denne myte: Alkyone, vindguden Aiolos' datter, var gift med Keyx, Morgenstjernens søn, og de elskede hinanden inderligt. Keyx måtte engang forlade hende og begive sig ud på en sørejse; dér omkom han under et uvejr. Alkyone fandt ved kysten hans lig og jamrede over det; da forvandlede guderne af medynk dem begge til isfugle, som også i denne skikkelse bevarer deres trofaste kærlighed og mindes deres ulykke ved deres klagende skrig. Tilmed viste guderne dem den ære at påbyde havet og vindene fuldkommen stilhed i de 7 dage før og efter årets korteste dag, som er isfuglenes rugetid.

57 Skibenes bagstavn endte sædvanlig med det udskårne træ-

billede, man kaldte »gåsen« (cheniskos); det var en bugtet svanehals med det tilhørende hoved. Men her synes der jo at have været noget mere, et helt billede af en gås eller svane, som vel har skullet være det såkaldte »skibsværn« (tutela navis). I bagstavnen plejede man nemlig på en ophøjet hylde at anbringe billedet af den gud, til hvis beskærmelse man ville betro skibet, og gåsen gør vist her tjeneste som en sådan skibsbeskytter. De skrækindjagende varselstegn minder om stedet i Odysseen 12, 394 ff., også om den homeriske hymne til Dionysos.

58 Man mener, at motivet til skildringen af denne svømmende skov kan Lukian have hentet fra den fortælling om mangrovetræerne på Beludschistans sydkyst, der (efter Nearchos) gives os i Arrians historieværk om Alexander den Store, VI bog kap. 22.

59 Antimachos fra Kolofon, Platons samtidige, episk og elegisk digter; trods hans ofte dunkle og forskruede udtryksmåde satte man ham dog højt, nærmest efter Homer; ja den i mange retninger sære kejser Hadrian skal endog have ønsket helt at fortrænge Homer fra folks læsning og sætte Antimachos i hans sted. Lukians citering af ham indeholder måske en spottende hentydning hertil.

60 Medens de andre fingerede navne på steder og folk, som Lukian har så mange af i dette skrift, er lette at tyde, er det hidtil ikke lykkedes nogen at finde på en rimelig forklaring af de to navne her; muligvis er de forskrevne. Det første burde måske hedde Kobalusa og sættes i forbindelse med ordet kóbalos, som betyder »kobold, trold«, også »bedragerisk skælm«. Begyndelsesbogstaverne i det andet viser hen til hydor, »vand«, og da man vistnok heri har at se en hentydning til, hvad der fortælles i historiens slutning, må der også i det sammensatte ord være en henvisning til »blod«, haîma, så at dets rette form snarere er Hydraimardia; slutningsbogstaverne kan muligvis sættes i forbindelse med verbet ardein,

» at væde, fugte «. Det første navn kunne da måske oversættes ved »Troldholm«, det sidste ved »Blodvandssig«.

61 På græsk Onoskeléai; navnet minder om Onoskalis, som en smuk efesierinde hed, om hvem det fortaltes, at en ung efesier Aristonymos havde avlet hende med en æselshoppe.

62 Disse har Lukian aldrig skrevet; han overholder således tro, hvad han sagde i begyndelsen, at der ikke skulle være et eneste sandt ord i hans skrift.